Levántate, habla, sin remordimientos

Por

Tequila Smith

Dedicación

A todos los adolescentes que alguna vez se han sentido no escuchados, no vistos o subestimados:

Esto es para ti.

Tu voz importa. Tu coraje inspira.

Nunca tengas miedo de levantarte, hablar y vivir sin remordimientos.

Reconocimiento

En primer lugar, doy gracias a Dios por el propósito puesto en mi corazón y la pasión por llevarlo a cabo a través del poder de las palabras.

A mi familia y amigos: su apoyo impulsa mi viaje. A los educadores, mentores y defensores, que están al lado de los jóvenes todos los días, gracias por crear espacios seguros para que se alcen las voces.

Un agradecimiento especial a los adolescentes que inspiran este trabajo: son audaces, brillantes e imparables. Sigue usando tu voz para cambiar el mundo.

Sobre el autor

Tequila Smith es una apasionada autora de libros infantiles y adolescentes, dedicada a empoderar a la próxima generación a través de narraciones audaces, representaciones vibrantes y mensajes que importan. Ella es la fuerza creativa detrás de la colección Igniting Bright Futures, que incluye *Dream Big Young King, Today A Princess, Tomorrow A Role Model* y *Wrapped In Gold*. También, su último libro para niños, *El dragón que estoy matando*.

Con *Stand Up Speak Out No Regrets*, Tequila expande su misión al hablarles directamente a los adolescentes, alentándolos a usar sus voces, ocupar espacio y caminar con confianza en su verdad. A través de cada página, busca recordarles a los jóvenes que sus historias son poderosas y que sus palabras pueden provocar un cambio.

Otros libros de Tequila Smith que ya están publicados y listos para que los lectores los agarren, así como cualquier proyecto futuro:

Sueña en grande, joven rey

Envuelto en oro

Hoy, Una princesa. Mañana, un modelo a seguir

El dragón que estoy matando

Levántate, habla, no te arrepientas

Melody and Song (proyecto en ciernes)

Tabla de contenidos

1. El dilema de montar o morir

Jamal siempre había creído en la lealtad. Al crecer, él y Marcus habían pasado por todo juntos. Así que cuando Marcus sacó las llaves del coche de su hermano mayor con una sonrisa, el corazón de Jamal dio un vuelco.

—Vamos, hombre. Solo una vuelta rápida —dijo Marcus, girando las teclas—.

Jamal vaciló. "Hermano, tu hermano te va a matar".

"No, ni siquiera lo sabrá. ¿Vendrán o no? —desafió Marcus—.

Los otros chicos animaron a Marcus, empujando a Jamal hacia el coche. Podía sentir el peso de sus expectativas. No queriendo parecer asustado, se deslizó en el asiento trasero.

A medida que el motor rugía a la vida, la emoción de la rebelión llenaba el aire. Corrieron por la calle, riendo y poniendo música a todo volumen, hasta que las luces azules intermitentes llenaron el espejo retrovisor.

—Mierda —murmuró Marcus, apretando el volante con las manos—.

El pánico corrió por las venas de Jamal. "Detente, hombre. ¡Solo detente!"

Marcus trató de desviarse hacia una calle lateral, pero ya era demasiado tarde. Las sirenas aullaban mientras la voz de un oficial resonaba a través de un altavoz: "Apaguen el vehículo. Manos donde podemos verlas".

A Jamal se le revolvió el estómago al darse cuenta de lo que estaba pasando. Estaban a punto de meterse en serios problemas.

Su mente gritó: "Podría haber detenido esto. Debería haber hablado".

El auto se detuvo lentamente y Marcus golpeó el volante con las manos, maldiciendo en voz baja. La voz del oficial volvió a crujir. "Sal del vehículo. Poco a poco".

Cuando ambos salieron, Jamal no pudo evitar sentir el peso de la situación. No se trataba solo de que te atraparan. Esto era grave. Podrían ser arrestados, o peor aún, el hermano de Marcus podría presentar cargos. El oficial le pidió una identificación, y cuando Jamal le entregó la suya, vio que los ojos de Marcus se movían nerviosamente, calculando su próximo movimiento.

Una vez que el oficial regresó y los dejó ir con una advertencia, Marcus dejó escapar un suspiro tembloroso, tratando de mantener la calma, pero Jamal estaba echando humo por dentro.

—No puedo creer que hayas hecho eso —dijo Jamal, con la voz tensa por la ira—.

—¿De qué estás hablando? —replicó Marcus, desvaneciéndose con su habitual arrogancia—. "Estamos bien, hombre. Es solo una advertencia".

—No, no es solo una advertencia, Marcus —espetó Jamal—. "¡Te llevaste el auto! ¡Fuiste tú el que decidió marcharse como si todo fuera un juego! Ahora tenemos suerte de no haber terminado con cargos o algo peor".

Marcus apartó la mirada, con una pizca de actitud defensiva en su expresión. "No escuché que me detuvieras. No dijiste nada cuando saqué las llaves.

El corazón de Jamal comenzó a acelerarse y su voz se quebró por la frustración. "¿En serio me vas a poner esto? Tú eres el que robó las llaves, el que se fue como si no fuera gran cosa. ¡Te dije que tu hermano te mataría si se enteraba! Pero aun así fuiste y lo hiciste".

Marcus se acercó un poco más, con el rostro enrojecido. "¿Y qué, crees que se supone que debo ser el único al que culpan? Podrías haber dicho que no. Podrías haberme dicho que parara. ¡Pero no lo hiciste! Te sentaste allí en la parte de atrás como si todo estuviera bien, esperando que la arruinara para poder culparme cuando todo salió mal".

Jamal sintió un punzón agudo en el pecho. "No sabía que nos ibas a meter tan hondo. ¡Pensé que solo iba a ser un viaje rápido! Pero ahora mírennos, mirando a un policía porque pensaban que era un juego. Confiaba en que fueras más inteligente que eso.

Marcus apretó la mandíbula y, por un momento, el silencio entre ellos fue ensordecedor. Finalmente, dejó escapar un largo suspiro. "Hombre, lo siento. Sólo... No estaba pensando. Quería presumir, ¿sabes? No quise que fuera así".

Jamal exhaló, su ira se cocinó a fuego lento. Sabía que Marcus no siempre tomaba las mejores decisiones, pero eso no significaba que tuviera que cubrirlo todo el tiempo. "Tienes suerte de que no haya sido peor. Pero la próxima vez, voy a hablar. Si vuelves a hacer algo estúpido como eso, no voy a viajar contigo".

Marcus lo miró, con una mezcla de culpa y gratitud en sus ojos. "Lo entiendo. Lo siento, hermano, de verdad.

Mientras Jamal se alejaba, pensó en toda la situación. Marcus había metido la pata, pero Jamal sabía que tampoco había estado exento de culpa. No había hablado cuando debería haberlo hecho, y eso es lo que empeoró toda la situación.

Fue una lección aprendida por las malas. A veces, la lealtad significaba responsabilizar a tus amigos, no solo respaldarlos cuando las cosas salían mal. Y la próxima vez, Jamal hablaría.

Moraleja:

La verdadera amistad significa hacerse responsables el uno del otro, incluso cuando es incómodo. No dejes que la lealtad te ciegue a las consecuencias de las malas decisiones. Habla antes de que las cosas vayan demasiado lejos, porque los verdaderos amigos se ayudan mutuamente a evitar cometer errores que podrían cambiarlo todo.

2. La presión del partido

Mia escudriñó la fiesta. La música retumbaba en toda la casa y el aire olía a sudor y alcohol. Ni siquiera se suponía que debía estar allí, pero Jenna le había rogado que fuera.

Jenna, ya borracha, se metió una taza roja en la mano. "¡Solo una copa, Mia! Nunca te aflojas".

Mia miró a su alrededor. Todos los demás estaban bebiendo y riendo. ¿Un sorbo sería realmente tan malo?

Entonces pensó en la voz de su madre advirtiéndole de situaciones como esta. Pensó en su futuro, en sus sueños universitarios y en las llaves del coche que llevaba en el bolsillo.

—No, estoy bien —dijo ella, dejando la taza—.

Jenna puso los ojos en blanco y se alejó con otro grupo. Mia sintió una punzada de culpa: ¿estaba siendo coja?

Sacudiéndose el sentimiento, se fue temprano.

A la mañana siguiente, su teléfono sonó.

Jenna está en el hospital. Intoxicación etílica.

A Mia se le encogió el estómago. Si hubiera sido más contundente y hubiera convencido a Jenna de que se detuviera, ¿estaría bien?

Había tomado la decisión correcta para sí misma, pero no podía quitarse de encima la sensación de que debería haber hecho más.

Moraleja:

Decir que no no siempre es fácil, pero puede salvar vidas.

3. Arrepentimiento de captura de pantalla

Jaden estaba acostado en su cama, desplazándose por el chat de su grupo de clase, cuando apareció un nuevo mensaje. Era una foto de una chica de su escuela. Una foto privada". Vaya", escribió uno de los chicos. Oye, mándame eso", respondió otro. A Jaden se le revolvió el estómago. No era una broma. Esta era la vida de alguien". Esto no está bien", escribió finalmente. "Ustedes no querrían que esto le pasara a su hermana". Algunos de sus amigos gimieron. "Hombre, relájate. Es solo una imagen". No, es la vida de alguien", respondió Jaden. Los mensajes se detuvieron. Al día siguiente, se enteró de que los padres de la niña habían denunciado la foto. La escuela estaba investigando. Algunos de sus amigos se estaban metiendo en serios problemas. Expulsiones. Policía involucrada. Jaden exhaló, aliviado de haber hecho lo correcto antes de que las cosas se complicaran aún más.

La chica cuya foto se había compartido era Emily, una estudiante tranquila e introvertida que se mantenía reservada. Cuando se enteró de lo que había sucedido, sintió que su mundo se desmoronaba. No fue solo la violación de su privacidad, fue la traición. Había confiado en alguien, y ahora su momento personal se difundía como si no fuera más que un entretenimiento.

Al principio, estaba adormecida, su mente se aceleraba con incredulidad. "¿Cómo pudo suceder esto?", pensó. —¿Por qué a mí? Pero pronto, ese entumecimiento se convirtió en un profundo y aplastante sentimiento de vergüenza. Era como si cada paso que daba en la escuela se sintiera como si estuviera bajo un foco, los ojos de todos puestos en ella, juzgándola. Deseaba poder desaparecer, fundirse en las paredes, pero no podía. El mundo la había visto de una manera que ella no estaba lista para compartir.

Su teléfono sonó. Otro mensaje. Era de una de sus amigas: *"¿Estás bien? Escuché lo que pasó"*. Emily no supo cómo responder. Se sentía tan expuesta, como si cada parte de ella hubiera quedado al descubierto sin su consentimiento. No quería responder, no porque no apreciara la preocupación de su amiga, sino porque ya ni siquiera sabía lo que sentía. No sabía cómo hacer que se detuviera, o si podía.

Los días que siguieron fueron un borrón de conversaciones susurradas en los pasillos, los ojos que se alejaban cuando ella pasaba y el peso insoportable de la situación. No pudo escapar de él.

Pero entonces, Emily recordó algo que su madre le había dicho cuando era más joven: *"Eres más fuerte de lo que crees"*. Emily se aferró a ese pensamiento mientras se armaba de valor para hablar con alguien al respecto. Fue a la oficina de su consejero, con las manos temblorosas mientras llamaba a la puerta.

Su consejera, la señora Jacobs, le dio la bienvenida, sintiendo el dolor en su voz antes de que Emily hubiera dicho una palabra.

—No sé qué hacer —admitió Emily, su voz apenas superaba un susurro—. "Todo el mundo lo sabe. Me siento... sucio. Como si nunca volviera a estar bien".

La señora Jacobs la escuchó atentamente, asegurándole que lo que había sucedido no era su culpa. Explicó los pasos que la escuela estaba tomando para abordar el problema y, lo que es más importante, le recordó a Emily que había personas que se preocupaban por ella y que no tenía que pasar por eso sola.

Con el apoyo de la Sra. Jacobs, Emily comenzó a ver la situación bajo una luz diferente. No fue su culpa. No era su responsabilidad cargar con la vergüenza. Ella fue la víctima. Tomó tiempo, y no fue nada fácil, pero poco a poco, Emily comenzó a reconstruir su confianza.

En cuanto a Jaden, no tenía ni idea de cuánto le había ayudado su decisión. No había conocido personalmente a Emily, pero su decisión de hablar la había salvado indirectamente de un dolor aún mayor. Cuando comenzó la investigación escolar, los padres de Emily expresaron su gratitud a la familia de Jaden. Los chicos que habían compartido la foto se enfrentaron a graves consecuencias, como deberían.

Emily aprendió una dura lección, una que nadie debería tener que aprender, pero también le enseñó el poder de hablar. No podía cambiar lo que había sucedido, pero podía asegurarse de que no la definiera. Y cuando todo terminó, levantó un poco más la cabeza, sabiendo que había encontrado su fuerza.

Moraleja:

A veces, hacer lo correcto significa ponerse de pie, incluso cuando nadie más lo hace. Es fácil seguir a la multitud, pero en momentos de presión, el coraje de hablar puede cambiar la vida de alguien para mejor. Y si alguna vez eres el herido, recuerda: nunca es tu culpa, y siempre hay ayuda que se puede encontrar.

4. El espectador silencioso

Luis mantuvo la cabeza gacha mientras caminaba por el pasillo abarrotado. Odiaba el drama.

Entonces lo vio: Darren, un estudiante de último año, arrinconando a Tyler cerca de los casilleros.

—Dame el dinero, nerd —se burló Darren—.

Los ojos de Tyler se movieron a su alrededor, desesperado por ayuda. Pero todos seguían caminando, fingiendo no ver.

Luis sintió que su corazón latía con fuerza. Si intervenía, Darren podría volverse contra él.

Pero si no lo hacía, Tyler estaba solo.

—Oye, Darren, déjalo en paz —soltó Luis—.

El pasillo se quedó en silencio. Darren se giró y lo evaluó.

—¿O qué?

La voz de Luis vaciló. O se lo diré al director.

De repente apareció un profesor, captando la última parte de su conversación. Darren retrocedió, refunfuñando en voz baja.

Tyler murmuró: "Gracias".

Luis exhaló. Había hecho lo correcto. Incluso si daba miedo.

Moraleja:

El silencio permite que el acoso continúe. Una sola voz puede marcar la diferencia. Siempre es el momento adecuado para hacer lo correcto. Nadie puede hacer todo, pero todos pueden hacer algo.

5. El código de trucos

El corazón de Rachel latía con fuerza mientras contemplaba el examen de historia. Había estudiado, pero estas preguntas eran mucho más difíciles de lo esperado. Olivia acercó el papel de un empujón. "Solo copia algunos. Nadie lo sabrá". A Rachel se le retorció el estómago. Ella ya estaba luchando en esta clase. Si reprobaba, su promedio se hundiría.

Pero luego pensó en las consecuencias. Que te atrapen. Perdiendo sus posibilidades de beca. Decepcionando a sus padres". No puedo", susurró. Olivia frunció el ceño, pero volvió a su propia prueba.

Más tarde, Rachel vio a Olivia en el pasillo, con la cara roja. Me han pillado —murmuró Olivia—. "Cero para toda la prueba". A Rachel se le cayó el estómago. Sintió una punzada de culpa por no haber ayudado, pero al mismo tiempo, el alivio la inundó. No había hecho trampa. Una calificación reprobatoria podría corregirse con un crédito adicional o una repetición de la prueba. ¿Pero una reputación arruinada? No tan fácilmente.

Cuando Rachel recibió su prueba al día siguiente, su corazón se hundió. Un 72%. No fue genial, pero no fue lo peor. Había trabajado duro en ello, y aunque no era la calificación que quería, al menos sabía que era honesto.

Pero entonces las consecuencias empezaron a llegar. La situación de Olivia se extendió como un reguero de pólvora por la escuela. —¿Has oído que Olivia hizo trampa en el examen de historia? —susurró una de las amigas de Rachel. Otra chica agregó: "Escuché que está en un gran problema. Un cero para la prueba, y podría ser suspendida".

Rachel no pudo evitar sentirse mal por Olivia, pero al mismo tiempo, no podía deshacerse del sentimiento de gratitud por apegarse a su moral. Había evitado las consecuencias inmediatas, pero pronto empezó a ver el panorama general. Olivia se había ganado su castigo por una razón: hacer trampa no era un atajo y no valía la pena.

En cuanto a Rachel, su maestra la llamó después de la escuela unos días después para hablar sobre su calificación. La señora Turner, su profesora de historia, había notado la mejora en el esfuerzo de Rachel y la animó a seguir esforzándose. —Sé que eres capaz de más —dijo la señora Turner con una cálida sonrisa—. "Sigue trabajando duro, y tus calificaciones lo reflejarán". Rachel no lo podía creer. Había tomado el camino difícil, pero el aliento hizo que valiera la pena.

La verdadera prueba llegó unas semanas después. Se acercaban los exámenes parciales y Rachel sabía que tenía que redoblar la apuesta. Estudió más duro que nunca, utilizando las habilidades que había aprendido en otras materias y trabajando con sus compañeros de clase cuando era necesario. No quería estar en una posición en la que tuviera que elegir entre la integridad y el éxito de nuevo.

Cuando recibió los resultados de las pruebas parciales, Rachel sintió que se le quitaba un peso de encima. Un 92%. No fue perfecto, pero fue una gran mejora. Y lo que es más importante, todo era obra suya.

El apoyo moral de su maestra ayudó a Rachel a darse cuenta de que hacer lo correcto, aunque a veces fuera difícil, era el mejor camino a seguir. En cuanto a Olivia, se había enfrentado a todas las consecuencias de sus acciones: su beca había estado en riesgo y la habían puesto en libertad condicional. Pero como Rachel descubrió más tarde, Olivia también había aprendido de su error.

Rachel nunca olvidó la lección que había aprendido ese día: los atajos pueden parecer tentadores, pero la integridad importa. Y las decisiones correctas conducen al éxito a largo plazo.

Moraleja:

La integridad importa. Un atajo hoy puede llevar al fracaso mañana. A veces, hacer lo correcto significa enfrentar desafíos, pero siempre conducirá al crecimiento personal y al éxito al final.

6. La solución de la identificación falsa

Carlos siempre se había considerado un buen chico. No bebía, no se metía en problemas, simplemente salía con sus amigos y seguía sus bromas. Así que cuando Ryan sacó la identificación falsa y sugirió que compraran alcohol "solo para ver si funcionaba", Carlos no le dio mucha importancia.

"Amigo, ¿qué es lo peor que podría pasar?" Ryan se echó a reír, agitando la tarjeta.

Carlos tuvo un mal presentimiento, pero se quedó callado. Observó cómo Ryan y Marco entraban en la tienda, riéndose. Pasó un minuto. Luego dos. Luego, las sirenas.

A Carlos se le cayó el estómago cuando las luces rojas y azules parpadearon fuera de la tienda. El empleado debe haber llamado a la policía. Sus amigos fueron sacados con las manos detrás de la espalda.

Carlos no estaba adentro. No entregó la identificación. Pero mientras permanecía congelado en la acera, con el corazón palpitando, se dio cuenta de algo: podría haber evitado esto. Una palabra, una advertencia, y nada de esto estaría sucediendo.

Al día siguiente, Ryan y Marco fueron suspendidos. Sus padres estaban furiosos. Sus futuros, súbitamente inciertos. Carlos se quedó despierto esa noche, mirando al techo, jurando que nunca volvería a quedarse callado.

Moraleja:

El hecho de que no hayas participado no significa que seas inocente. Habla antes de que sea demasiado tarde.

7. La configuración de las redes sociales

Emily revisó su teléfono mientras Lily se echaba a reír a su lado. "Oh, Dios mío, mira esto", resopló Lily, escribiendo furiosamente.

Emily echó un vistazo. En la pantalla de Lily había una publicación falsa de chismes sobre Jessica, una chica tranquila de su clase: "Jessica ha sido atrapada colándose en el vestuario de los chicos", decía.

"Es solo una broma", sonrió Lily, agregando un emoji de guiño.

A Emily se le retorció el estómago. Había visto rumores que destrozaban a la gente: susurros en el pasillo, miradas en la cafetería, palabras feas garabateadas en las paredes del baño.

"¿Y si alguien te hiciera esto?" —preguntó Emily.

Lily se encogió de hombros, pero sus dedos vacilaron sobre la pantalla.

—En serio —insistió Emily—. "Estas cosas se extienden. No sabes a qué se enfrenta".

Un largo silencio. Entonces Lily suspiró y borró la publicación.

Al día siguiente, Emily vio a Jessica riendo con sus amigas, sin darse cuenta del desastre que casi se desarrolló. Una ola de alivio se apoderó de Emily: una publicación, un momento de crueldad, podría haberlo arruinado todo.

Moraleja:

Unos pocos clics pueden arruinar la vida de alguien. Elige la bondad por encima de la influencia.

8. La pelea que no valió la pena

El teléfono de Jordan volvió a sonar. Otro mensaje. Otro video.

Tony, su mejor amigo, estaba siendo llamado, humillado frente a la mitad de la escuela. "¿Vas a pelear con él?", le envió alguien por mensaje de texto.

Tony apretó los puños. Su rostro estaba tenso por la ira. "¿Qué hago?", le preguntó a Jordan.

Jordan sabía lo que la gente esperaba. Querían un espectáculo. Una pelea en el pasillo, con los puños volando, los profesores luchando por disolverla.

Pero Jordan también sabía algo más: la semana pasada, un niño fue expulsado por pelear. Tolerancia cero. No se trataba solo de moretones y orgullo. Se trataba de futuros.

—No vale la pena, tío —dijo Jordan en voz baja—.

Tony exhaló con dificultad, temblando de frustración. Pero él escuchó. Se dio la vuelta y se alejó.

A la mañana siguiente, el director anunció nuevos castigos más severos para los combates. Jordan y Tony intercambiaron una mirada al otro lado de la cafetería.

Podrían haber sido ellos.

Moraleja:

Alejarse de una pelea es más difícil que lanzar un puñetazo, pero siempre es más inteligente.

9. El truco del vapeo

El corazón de Sophia latió con fuerza cuando el vaporizador pasó hacia ella". Es solo vapor de agua", se rió Mia. "En serio, no es nada". Sophia no estaba tan segura. Había leído sobre niños que terminaban en el hospital, sobre productos químicos de los que nadie hablaba. Pensó en su hermanito, en cómo prometía ser un buen ejemplo.

"No, estoy bien", dijo ella, forzando una sonrisa.

Mia se encogió de hombros e inhaló largamente, exhalando una nube de niebla que olía extrañamente dulce. Sophia trató de parecer impasible, pero podía sentir que la presión aumentaba. Todo el mundo lo hacía. Fue solo un golpe, ¿verdad?

—Vamos, Sophia. No seas tonta —dijo Jake, dándole un codazo suavemente—. —¿Ni siquiera lo vas a probar una vez? Sofía sintió que el calor le subía al pecho. Sus amigos la presionaban ahora. Todos se rieron, esperando que ella cediera.

"Solo una calada, luego verás que no es gran cosa", instó Mia, agitando el vaporizador como si fuera un juguete. La mente de Sophia se aceleró. Pensó en los riesgos, en lo que podía salir mal. ¿Y si terminaba como los niños sobre los que había leído? Pero el miedo a ser excluida, la idea de ser vista como la "aburrida" la perseguía.

"No sé..." —murmuró, mirándose los pies—. Estás actuando como un bebé", bromeó Jake, dándole un empujón juguetón. "¿Cuál es el problema? Ni siquiera te engancharás con una bocanada".

Sophia tragó saliva, pero negó con la cabeza. "Realmente no quiero".

Pero justo cuando pensaba que había tomado una decisión, la presión de los compañeros la golpeó más fuerte. El grupo de amigos comenzó a darle codazos, llamándola por estar asustada, por no encajar.

—Todos los demás lo están haciendo, Sophia. ¿De verdad te vas a sentar ahí y ser esa persona?" —insistió Mia—. "¿Qué, te da miedo un poco de vapor?"

Era demasiado. Sophia agarró el vaporizador, diciéndose a sí misma que una sola calada no haría daño.

Se lo llevó a los labios y dio una rápida bocanada. El vapor frío se sintió extraño en sus pulmones y tosió incontrolablemente. El sabor era enfermizamente dulce e inmediatamente se arrepintió.

—¿Ves? No es gran cosa —dijo Mia, pero había una pizca de orgullo en su voz—.

Esa noche, justo antes de acostarse, sonó el teléfono de Sophia. Miró un mensaje de texto de uno de sus otros amigos: "¿Puedes creer que Jamie está en la sala de emergencias? Aparentemente, el vaporizador se metió con su ritmo cardíaco o algo así. Ha estado conectada a un montón de máquinas. Dicen que fue una mala reacción a los productos químicos que contenía".

A Sophia se le cayó el estómago. Sintió que un sudor frío se formaba en su frente. Podría haber sido ella.

A la mañana siguiente, en la escuela, se corrió la voz rápidamente. Todo el mundo hablaba de la hospitalización de Jamie. Algunos susurraron sobre cómo los médicos estaban preocupados por el daño a largo plazo del vapeo. Otros simplemente se centraron en el drama de todo. Sophia no podía quitarse de encima la sensación de haber esquivado una bala, pero al mismo tiempo, estaba preocupada. ¿Jamie estaba bien?

Cuando vio a Jamie más tarde en la semana, conectado a una vía intravenosa y luciendo pálido, Sophia no pudo contenerse. Se acercó a ella.

"Jamie, ¿estás bien?", preguntó en voz baja.

Los ojos de Jamie parpadearon con culpa. —Me equivoqué, Sophia. No pensé que me doliera, pero lo hizo. Debería haberte escuchado... Tenías razón.

Sophia tragó saliva, tratando de contener las lágrimas. "Yo también debería haber dicho que no. Estuve a punto de no hacerlo".

Jamie sonrió débilmente. "Es difícil cuando todo el mundo te presiona. Pero tenemos que recordar que nuestra salud es más importante que vernos bien".

Sophia asintió, sintiendo que un peso se le quitaba de los hombros. Esa noche, envió un mensaje de texto a Mia y Jake, explicando por qué ya no podía ser parte de las sesiones de vapeo del grupo. Al principio no respondieron, pero después de unos días, se disculparon. La dinámica del grupo había cambiado, pero Sophia se sentía en paz con su decisión.

Moraleja:

El hecho de que todo el mundo lo haga no significa que sea seguro. La presión de los compañeros es temporal, pero su salud e integridad duran para siempre.

10. El reto peligroso

Dylan miró por encima del borde de la estructura del patio de recreo. Estaba al menos a tres metros de profundidad.

—Vamos, no seas débil —se burló Jake—. "Ni siquiera es tan alto".

El pulso de Dylan martilleaba en sus oídos. No se trataba de la altura, sino del riesgo. Un mal aterrizaje, un error, y pasaría meses enyesado.

—Esto es una tontería —murmuró, dando un paso atrás—.

Los demás gimieron, pero siguieron adelante.

Una semana después, alguien más se atrevió. El crujido de los huesos contra el pavimento aún resonaba en la cabeza de Dylan.

Nunca había estado tan contento de marcharse.

Moraleja:

La verdadera fuerza es decir no cuando algo se siente mal.

11. El plan de escape de medianoche

El teléfono de Leah sonó debajo de la almohada. Oye, nos estamos escabullendo. No seas cojo".

Leah se incorporó y se mordió el labio. Sonaba divertido, un poco rebelde. Pero algo se sentía mal. Pensó en sus padres, en lo estrictos que eran y en lo decepcionados que se sentirían si se enteraban de que se había escapado.

"No, estoy bien", respondió ella.

Un minuto después, llegó otro mensaje de texto. "Bruh, eres tan aburrido. Íbamos a ir a esta fiesta, ¿pero ahora te vas a quedar en casa? Lo que sea. No nos contactes más tarde cuando estés enojado porque te lo perdiste".

Leah frunció el ceño. No quería ser la extraña, pero tampoco quería meter la pata. Sabía cómo podían ser sus amigos cuando no se salían con la suya: salados y molestos. Pero todavía sentía algo raro.

"Me quedo en casa. Ustedes estén a salvo", respondió.

A la mañana siguiente, Leah se despertó con un montón de mensajes. Abrió el chat grupal y vio el caos.

"Oh, Dios mío", escribió Rachel. "¡Nos atraparon! Los policías nos trajeron de vuelta a casa como a las 2 de la madrugada. Mis padres están muy enojados, me quitaron el teléfono y me castigaron durante un mes".

Leah parpadeó. Se sintió un poco aliviada, pero también mal por ellos. Luego vio que llegaban más textos.

"No puedo creer que confiáramos en Mia para conducir", escribió Olivia. "Se supone que ni siquiera debería tener el auto, y ahora está en tierra por el resto del semestre. Mis padres también están en mi caso".

Leah estaba un poco contenta de haberse quedado en casa, pero luego Rachel la contactó en persona en la escuela.

"Así que te quedaste en casa anoche, ¿eh?" —dijo Rachel, mirando a Leah como si estuviera molesta—. "Supongo que algunas personas no saben cómo divertirse".

Leah se encogió de hombros. "Simplemente no lo sentía. Ustedes podrían haberse metido en serios problemas".

Rachel puso los ojos en blanco. "Sí, lo que sea. Supongo que eres perfecto o algo así". Ella se alejó, claramente todavía enojada.

Leah estaba discretamente molesta, pero pensó que era solo frustración la que hablaba. Más tarde ese día, Rachel le envió un mensaje de texto. "Oye, lo siento. Me estaba haciendo el tonto. Debería haberte escuchado. Que me pillaran no merecía la pena".

Leah sonrió, aliviada. No le importaba ser la que se mantuviera alejada de los problemas.

Moraleja:

No dejes que la presión de los compañeros afecte tu juicio. Es mejor relajarse y estar seguro que arrepentirse más tarde.

12. El ajetreo de la tarea

Ethan miró fijamente el billete de veinte dólares.

—Es dinero fácil —sonrió Jake—. "Solo haz mi tarea".

Ethan vaciló. No era como robar, era solo una tarea. Pero en el fondo, sabía que no estaba bien.

"En lugar de eso, deberías pedir ayuda", dijo, apartando el dinero.

Días después, la maestra se enteró de la infidelidad. Se entregaron detenciones. Ethan se fue con su integridad intacta.

Moraleja:

Ayudar a alguien a hacer trampa no es lo mismo que ayudarlo a tener éxito.

13. El esquema de hurto en tiendas

A Macy se le retorció el estómago cuando sus amigas se metieron joyas en los bolsillos.

"Vamos, son solo aretes", susurraron.

Macy dio un paso atrás. "Si te atrapan, eso es cosa tuya", advirtió.

Minutos después, sonaron las alarmas. Los guardias de seguridad se apresuraron a avanzar.

Macy se quedó fuera, observando cómo se desarrollaban las consecuencias. Nunca había estado más agradecida por sus instintos.

Moraleja:

Si te sientes mal, no lo hagas.

14. La selfie imprudente

Ryan y Jake siempre habían perseguido la próxima emoción, el próximo momento viral. Así que cuando Jake vio un viejo almacén con un techo plano, sonrió.

—¡Ven aquí, hombre! La vista es enfermiza —gritó Jake mientras trepaba por la oxidada escalera de incendios—.

Ryan vaciló. El metal gimió bajo el peso de Jake. "Amigo, eso no es seguro".

Jake se echó a reír. "Relájate. Una foto rápida, luego estoy abajo".

Ryan observó, con el corazón palpitante, mientras Jake se acercaba hacia un lado. Estiró el brazo, inclinando su teléfono para obtener la foto perfecta.

Entonces, su pie resbaló.

Ryan se quedó sin aliento. Pero en el último segundo, Jake agarró la cornisa y se rió. No es gran cosa".

Una semana después, Ryan revisó su feed y se congeló. Noticia. Mismo almacén. Un chico diferente.

Caída fatal.

A Ryan se le cayó el estómago. Podría haber sido Jake.

Moraleja:

Ninguna cantidad de likes vale tu vida.

15. El juego de los chismes falsos

El teléfono de Tasha sonó. Oye, ¿has oído hablar de Mia?

El chat grupal explotaba con mensajes". Ella engañó totalmente a su novio". "Es una mentirosa, hermano". Escuché que estaba hablando con dos tipos a la vez".

Tasha entrecerró los ojos y sintió que se le revolvía el estómago. ¿Mia? No es posible. Esa no era ella. Mia era tranquila, reservada, definitivamente no era alguien que hiciera algo así.

—Ella no hizo eso —escribió Tasha rápidamente, con la esperanza de apagarlo antes de que llegara más lejos—.

La charla se detuvo por un segundo. Entonces alguien la golpeó con un emoji de risa". Vamos, Tasha. Son solo bromas".

Los ojos de Tasha brillaron de frustración. Esto no fue gracioso. Pensó en Mia, en cómo se sentiría si la gente difundiera mentiras sobre ella. —¿Sería gracioso si se tratara de ti? Tasha respondió bruscamente.

Nada por un minuto. Entonces el chat comenzó a ralentizarse. La gente empezó a retroceder, pero el daño ya estaba hecho.

Al día siguiente, Tasha vio a Mia caminando por el pasillo. Estaba mirando hacia abajo, revisando su teléfono. Su habitual paso seguro había desaparecido: parecía que llevaba el peso del mundo.

El corazón de Tasha se hundió. Mia parecía que estaba a punto de quebrarse.

"¡Oye, Mia!" —gritó Tasha, corriendo hacia ella—.

Mia levantó la vista, con los ojos enrojecidos y el rostro agotado de toda energía.

—Oye —dijo Tasha, sentándose a su lado—. "Solo quiero decir... Lo siento por todo lo que ha estado circulando. No es cierto, ¿verdad?

Mia suspiró, bajando los hombros. "No, no es cierto. Ni siquiera sé cómo empezó. Solo he estado tratando de ignorarlo, con la esperanza de que desaparezca".

Tasha frunció el ceño, la culpa le recorrió la espalda. – Debería haber dicho algo en el chat, Mia. Lo siento mucho. No te mereces esto. Nada de eso es cierto, y estoy aquí para ti".

Mia le dedicó una débil sonrisa, pero no llegó a sus ojos. — Gracias, Tasha. No pensé que nadie lo creería... Pero parece que todo el mundo ha estado hablando de ello".

Tasha apretó la mandíbula. Esto fue un error. "Escucha, no voy a dejar que la gente hable de ti así. No estás solo en esto, ¿de acuerdo? Vamos a aclarar esto".

Mia la miró, con los ojos todavía un poco vacíos pero agradecidos. "Gracias... Simplemente no sé qué hacer, está en todas partes".

Tasha pensó por un segundo. "Bueno, podemos empezar diciéndole a la gente la verdad. Es una locura. Voy a hablar con algunos de los otros que han estado difundiendo los rumores".

Más tarde ese día, Tasha fue directamente a ver a algunos de sus amigos que habían sido parte de los chismes. No se avergüenzaba de ello. "Oye, ¿cuál es el problema? Mia no se merece esto. Es un desastre hablar de ella de esa manera. Tienes que relajarte con eso".

Al principio, un par de ellos se encogieron de hombros, pero Tasha no se echó atrás. "Vamos, piénsalo, ¿y si fuera tu hermana? No querrías que nadie difundiera cosas así sobre ella. Piénsalo antes de hablar la próxima vez, ¿de acuerdo?

Eventualmente, algunos de los otros comenzaron a retroceder. Se disculparon e incluso ayudaron a limpiar el nombre de Mia, haciéndole saber a la gente que los rumores eran solo eso: rumores. No lo arreglaba todo, pero la presión empezaba a disminuir.

Al día siguiente, a la hora del almuerzo, Mia se sentó con Tasha. Sus hombros todavía estaban tensos, pero ya no se escondía por completo del mundo.

– Gracias por apoyarme -dijo Mia en voz baja-. "No sé qué habría hecho sin ti".

—Te tengo, Mia —respondió Tasha, sonriendo—. "Los amigos no dejan que los amigos pasen por las cosas solos. ¿Y este lío? Lo estamos arreglando, juntos".

Moraleja:

Un rumor puede arruinar una vida, pero tú tienes el poder de detenerlo. No dejes que un amigo se enfrente a eso solo, habla y preséntate.

16. El desastre de las bebidas energéticas

Nick abrió la lata y la efervescencia resonó en la silenciosa habitación.

—Apuesto a que no puedes beber tres —se atrevió Jay, sonriendo—.

Nick vaciló. Había escuchado historias: niños con palpitaciones cardíacas, incluso colapsos. Pero sus amigos estaban mirando.

"Vamos, no seas débil".

Su orgullo ganó. Derribó el primero. Luego el segundo. A la tercera, le temblaban las manos.

Su pecho se sentía... apretado. Su corazón latía como un tambor.

"Amigo, ¿estás bien?"

La visión de Nick se nubló. Se puso de pie, pero la habitación se inclinó. Lo último que escuchó fue a alguien gritando su nombre antes de que todo se volviera negro.

Horas después, se despertó en una cama de hospital, con su madre llorando a su lado.

El doctor negó con la cabeza. "Tienes suerte. Algunos niños no tienen una segunda oportunidad".

Moraleja:

El hecho de que se venda en las tiendas no significa que sea seguro en exceso.

17. El arrepentimiento de la carrera callejera

Los dedos de Jay se cernían sobre el encendido, con el corazón latiendo con fuerza. La calle era oscura y silenciosa, solo se oía el sonido de los motores acelerando y los neumáticos patinando sobre el asfalto. Las luces de la calle parpadearon como una cuenta regresiva para lo que sabía que sería una carrera sin retorno.

Mark se inclinó con una sonrisa, mirando el Mustang de Jay. "Oye, apuesto a que puedo vencerte fácilmente, hermano. ¿Estás dentro?"

El pie de Jay tembló en el acelerador. Su pulso se aceleraba tan rápido como el motor. La emoción familiar de la carrera, la sensación de poder y control, todo estaba justo frente a él.

Pero entonces, algo lo golpeó. Los titulares pasaron por su mente: *Conductor adolescente pierde el control. Choque fatal.* Se quedó paralizado por un segundo, agarrando el volante con fuerza. Esto no era un juego. Era la vida real, y no estaba seguro de estar dispuesto a arriesgarlo todo por una carrera estúpida.

Mark no estaba esperando. "Vamos, hombre, no seas blando. ¿Vas a dejar que te muestre? Aceleró el motor, haciendo que Jay se estremeciera. La presión era alta. Sus amigos ya lo animaban desde la vereda. Su reputación, todo por lo que había trabajado en la tripulación, estaba en juego. Pero algo muy dentro de él le gritaba que ese no era el camino a seguir.

Jay negó con la cabeza, encontrando finalmente su voz. —No, hombre. No vale la pena".

Mark le lanzó una mirada. —¿Hablas en serio, hermano? No me digas que tienes miedo.

"No tengo miedo. Sólo... Tengo más que perder que una carrera, Mark —dijo Jay, con voz firme, aunque sus entrañas estaban por todos lados—. Podía sentir el peso de su decisión en su pecho, pero se sentía bien.

Mark se limitó a poner los ojos en blanco. "Lo que sea, hermano. No seas cojo". Apretó el acelerador y los neumáticos chirriaron mientras su coche arrancaba por la calle.

Jay observó durante un momento, todavía con fuerza en el volante, luego apagó la llave y se reclinó en su asiento, mirando el oscuro tramo de la carretera. No podía ignorar la sensación en sus entrañas. ¿Las prisas? Sí, estaba ahí, pero la idea de que algo saliera mal, de lastimar a alguien, o peor aún, de lastimarse a sí mismo, era más pesada que cualquier carrera que pudiera ganar.

Esa noche, el teléfono de Jay sonó con una alerta de noticias. Su pulgar vaciló sobre la pantalla mientras la abría.

"Corredor callejero se estrella contra un árbol. Pasajero herido".

A Jay se le cayó el estómago. Se le enfriaron las manos mientras leía los detalles. El coche de Mark, su amigo, estaba en el accidente. Su estómago se retorció en un nudo. Podría haber sido él. Debería *haber* sido él.

Se sentó en el coche durante mucho tiempo, mirando la carretera vacía, la adrenalina de antes se desvaneciera. Toda la tripulación había estado entusiasmando la carrera, pero ninguno de ellos sabía lo que Jay había estado pensando cuando se retiró. Ninguno de ellos sabía el pánico que lo golpeó justo antes de comenzar. No estaba tratando de ser un héroe, pero en ese momento, Jay se dio cuenta de que había más en la vida que ganar una carrera o presumir.

Su teléfono volvió a sonar. Era Mark enviándole un mensaje de texto. *Oye, hermano, me equivoqué. No debería haberte empujado a correr. Me alegro de que no lo hayas hecho. Me salvaste de un error estúpido.*

Jay se quedó mirando la pantalla durante un minuto y luego volvió a escribir. *Sí, hombre. Me alegro de que yo también lo hiciera. Vamos más despacio, ¿de acuerdo? Tenemos más por lo que vivir que solo competir.*

La respuesta de Mark llegó casi al instante. *Hechos, hermano. Lo siento. Me relajaré.*

Jay suspiró y se echó hacia atrás, hundiendo el peso de todo. A veces, no se trataba de probarse a sí mismo o de estar a la altura de alguna expectativa. Se trataba de cuidarse a uno mismo y ser lo suficientemente inteligente como para dar un paso atrás cuando la presión era demasiado.

Moraleja:

No tomes decisiones "tontas" que puedan poner tu vida en peligro.

18. La broma de la presión de grupo

– Vamos a hacer una broma a la señora Dawson -susurró Tyler, sonriendo-. "Será divertidísimo".

Brandon vaciló. Su profesor de historia era estricto, claro, pero esto se sentía mal.

—Relájate —dijo Tyler—. "Ella nunca sabrá que somos nosotros".

Brandon tragó saliva mientras Tyler marcaba, disimulando su voz. "Hola, ¿es este el profesor de matemáticas? Porque seguro que añades un montón de deberes".

Estallaron las carcajadas.

Pero entonces...

—Rastreo de llamadas —dijo una voz robótica—.

Pánico.

Al día siguiente, el director los apartó. La señora Dawson no solo estaba enfadada, sino que parecía decepcionada.

Brandon deseó haberse marchado.

Moraleja:

Si tienes que ocultarlo, probablemente no deberías hacerlo.

19. La fuga del vestuario

El amigo de Aiden le dio un codazo. "Amigo, grabemos a Jason cambiando. Será gracioso".

El estómago de Aiden se retorció. "Eso es un desastre".

"Relájate", sonrió su amigo. "Solo una broma".

Aiden apartó el teléfono de un manotazo.

Al día siguiente, la escuela estaba sumida en el caos. Alguien más había filmado y lo atraparon. Expulsado.

Los ojos de Jason estaban enrojecidos, humillados.

Aiden sintió una ola de alivio. Él no había formado parte de ella.

Pero la culpa lo carcomía, porque podría haber evitado que sucediera.

Moraleja:

La privacidad no es una broma. Protégelo.

20. El atleta con exceso de trabajo

La rodilla de Jasmine palpitaba con cada paso que daba por la cancha. El dolor agudo había vuelto, igual que el día anterior. Trató de abrirse paso, pero esta vez fue diferente. No era solo el dolor habitual después de la práctica. Esto se sentía más profundo, peor.

—¡Sacúdete, Jazmín! —espetó el entrenador, con la voz aguda como un silbato—. "Estás bien. Te necesitamos ahí fuera".

Jasmine se mordió el labio, tratando de que las lágrimas no brotaran. Sentía que su rodilla estaba a punto de ceder. *Solo un poco más, solo terminar el juego,* pensó, pero el dolor ya era demasiado.

—Entrenador, no creo que pueda... —comenzó, pero las palabras no salieron bien.

"¡Vamos, solo juega! Necesitamos esta victoria", instó el entrenador, mirándola con una mezcla de frustración y desesperación.

Jasmine vaciló. Sus compañeros de equipo dependían de ella. Pero recordaba las historias: atletas que se esforzaban demasiado, demasiado rápido y terminaban con lesiones que les costaron sus carreras. Ella no quería ser una de esas historias.

Pero entonces su amiga, Mia, gritó desde la barrera: "Jas, tienes esto. Sigue adelante, es solo un poco de dolor".

Jasmine dudó un momento más y luego respiró hondo. "Sí, está bien, lo intentaré", mintió, obligándose a volver al juego.

Mientras jugaba, el dolor se intensificaba con cada pivote y cada salto. Su rodilla se sentía como si estuviera en llamas, pero no quería decepcionar a nadie. Siguió adelante, tratando de ignorar el dolor, pero cada vez que se movía, gritaba más fuerte en su mente.

Esto no vale la pena, pensó, *no puedo seguir así.*

El juego terminó y Jasmine salió cojeando de la cancha, tratando de actuar como si todo estuviera bien. Pero el dolor era peor que antes.

A la mañana siguiente, mientras entraba cojeando al vestuario, su entrenador la estaba esperando. Él la miró con una ceja levantada. "Jazmín, ¿qué pasa? Ayer te veías un poco apagado".

Hizo una mueca mientras se sentaba en el banco. Su rodilla estaba hinchada ahora, más de lo que había estado antes. No pudo ocultarlo más. "Entrenador, tengo que sentarme un rato. Mi rodilla está destrozada".

El entrenador frunció el ceño, entrecerrando los ojos con preocupación. —¿Estás seguro? Tenemos el juego de campeonato a la vuelta de la esquina, y te necesito ahí fuera".

—Lo sé, pero no puedo seguir insistiendo —dijo Jasmine, con voz firme a pesar de la incertidumbre que se arremolinaba en su estómago—. "He estado jugando con dolor durante semanas, pero esto es demasiado. No quiero empeorarlo".

Hubo un largo silencio mientras el entrenador la miraba fijamente, la presión de la temporada pesaba mucho sobre ambos. Finalmente, asintió. "Está bien, siéntate fuera. Pero necesito que lo revises. Vamos a idear un plan.

El alivio de Jasmine fue casi abrumador. Por primera vez en semanas, sintió que realmente estaba tomando el control de su salud en lugar de ignorarla por el bien de un juego.

Esa noche, durante el juego en el que habría estado jugando, el teléfono de Jasmine sonó con un mensaje de texto de Mia.

No te lo vas a creer... Jamie se desplomó durante la segunda mitad. Rotura de ligamento. Su temporada ha terminado.

El corazón de Jasmine se hundió. Se sentía culpable por no estar ahí para su equipo, pero al mismo tiempo, estaba agradecida de haber escuchado a su cuerpo. No quería arriesgarse a terminar como Jamie.

A la mañana siguiente, llamó a su entrenador para ponerlo al día. – Me alegro de que hayas decidido quedarte fuera, Jasmine. La lesión de Jamie podría haberse evitado si ella hubiera hecho lo mismo".

Jasmine asintió, aliviada. "Volveré más fuerte, entrenador. Lo prometo. Pero primero tengo que cuidar de esta rodilla".

Moraleja:

Escucha a tu cuerpo, no solo a la presión.

21. La trampa de las píldoras recetadas

Zach se quedó mirando la pequeña pastilla blanca que su amigo tenía en la mano. Su amigo, Jason, lo sostenía como si fuera algo normal, como si fuera otra forma de sentirse mejor. Por la forma en que Jason estaba actuando, uno pensaría que era solo un Advil o algo así. Pero había algo en eso que no le sentaba bien a Zach.

"Vamos, hermano, tómalo. Ayuda con el estrés", dijo Jason, con voz casual, como si no fuera gran cosa.

Zach se movió incómodo, mirando la píldora. —¿De dónde lo has sacado? Tenía un mal presentimiento en el estómago, pero no quería sonar paranoico.

Jason se encogió de hombros, con una sonrisa amplia y despreocupada. "No te preocupes por eso, hombre. Lo necesitas. Confía en mí".

La mente de Zach se aceleró. Podía sentir que la presión aumentaba: Jason era su amigo, ¿verdad? Habían pasado por todo juntos. Pero esto era diferente. La píldora no era algo que se pudiera tomar sin consecuencias.

Su corazón latía con fuerza mientras miraba la píldora, el impulso de tomarla y calmar sus nervios por una vez luchaba con la vocecita en su cabeza que le decía que se alejara. *¿Y si realmente ayuda?* pensó. *¿Qué pasa si solo lo tomo esta vez?*

Jason se inclinó, esta vez un poco más contundente. "Vamos, Zac, todo el mundo lo está haciendo. No es gran cosa".

La mano de Zach se extendió. Estuvo a punto de llevárselo. Sus dedos rozaron la superficie lisa de la píldora. *Solo una solución rápida,* pensó. *Una pastilla, una vez. No me va a hacer daño.*

Pero justo cuando estaba a punto de llevárselo a la boca, un escalofrío le recorrió la espalda. Su estómago se retorció aún más fuerte. *¿Y si esto no es lo que parece? ¿Y si es algo peor?*

Se quedó paralizado.

Retiró la mano y dejó caer la pastilla. —No, estoy bien —dijo, tratando de parecer tranquilo, aunque su voz se quebró un poco—. "No lo necesito".

Jason puso los ojos en blanco, frustrado. "Vamos, hermano, eres cojo. Es solo para quitarle el filo. Te sentirías mucho mejor".

Zach negó con la cabeza y dio un paso atrás. "No. No necesito meterme con eso".

Jason se burló, alejándose con un murmullo: "Lo que sea, hombre".

Zach lo vio irse, todavía sintiendo el peso de la decisión que casi toma. Pero en el fondo, se sintió aliviado de haberse detenido.

Pasaron los días. Zach no podía quitarse de encima la sensación de inquietud, pero trató de apartarla de su mente. Eso fue hasta que el texto llegó esa noche.

Era de uno de sus amigos en común. *Jason está en la sala de emergencias. Estuvo a punto de no lograrlo.*

El corazón de Zach se hundió cuando leyó el siguiente mensaje: *la píldora estaba mezclada con fentanilo.*

Le temblaron las manos cuando dejó caer el teléfono sobre la cama. No lo podía creer. Jason podría haber muerto, por una decisión estúpida. La mente de Zach repitió el momento en que casi se toma esa pastilla, la forma en que casi se convenció a sí mismo de que estaría bien. Pero ahora, sabía que no era solo una pastilla al azar. Podría haber sido el final.

Zach respiró hondo, agradecido de haberse detenido a tiempo. No pudo evitar sentirse mal del estómago. *Podría haber sido yo.*

Moraleja:

Nunca tomes pastillas que no te hayan recetado.

22. La bandera roja de la relación

Sarah escuchó gritos.

Su mejor amiga, Paige, estaba al borde de las lágrimas cuando su novio la agarró de la muñeca. "¡Dije que lo sentía!"

El pecho de Sarah se apretó. Esto no era normal.

—Oye —dijo ella con firmeza—. "Vamos".

Más tarde, Paige suspiró. "No lo dice en serio. Está estresado".

Sarah le tomó la mano. "Eso no es amor".

Tomó tiempo, pero Paige finalmente lo dejó.

Moraleja:

Habla cuando veas relaciones poco saludables.

23. El extraño en línea

Mark se sentó en el sofá, revisando su teléfono cuando su amiga, Tessa, se inclinó con una amplia sonrisa en su rostro. "Échale un vistazo", dijo ella, agitando su teléfono frente a él. "Su nombre es Jason. Es tan genial. Deberíamos encontrarnos totalmente".

Mark echó un vistazo al teléfono, medio interesado, pero sobre todo escéptico. No conocía a este "Jason" de ninguna parte. —Ni siquiera lo conoces —dijo, tratando de mantener la calma—. "Podría ser cualquiera".

Tessa le hizo señas para que se fuera, riendo. —Está bien, Mark. Es súper tranquilo. Me dijo que podíamos pasar el rato este fin de semana. Solo estás siendo paranoico".

A Mark se le cayó el estómago mientras la veía desplazarse por sus conversaciones en las redes sociales. Jason parecía lo suficientemente dulce en la superficie: divertido, fácil de hablar, siempre halagarla. Pero había algo en eso que no le sentaba bien a Mark. Ni siquiera sabían el nombre real del chico, y las fotos que le envió estaban todas posadas y cuidadosamente editadas.

—¿Estás seguro de esto? —preguntó Mark, con el ceño fruncido. "Ni siquiera sabes cómo se ve en la vida real. Y podría estar mintiendo sobre todo".

Tessa se encogió de hombros, claramente no tomándolo en serio. "Relájate. Te preocupas demasiado".

Una semana después, el teléfono de Mark sonó. Era Tessa, la que llamaba. Su instinto le dijo de inmediato que algo andaba mal. "¿Qué pasa?", respondió, tratando de mantener el tono firme.

Su voz tembló, quebrada levemente por el miedo. "Marcos... Mintió sobre su edad. Es mucho mayor de lo que decía que era. Como, mucho más viejo. Y no sé qué hacer. Le dije que no me sentía cómoda reuniéndome, pero él está siendo muy insistente".

El corazón de Mark se hundió. —Te dije que tuvieras cuidado —murmuró, con las manos cerradas en puños—. "Ni siquiera deberías haber pensado en conocerlo en primer lugar".

—Lo sé, lo sé —dijo Tessa, con una voz apenas superior a un susurro—. "Pero parecía tan amable y me hizo sentir tan especial. Él me dijo: 'No te preocupes, no soy como los otros chicos'".

—Escucha, Tessa, tienes que cortar esto ahora mismo —dijo Mark con voz aguda—. "Tienes que bloquearlo. Como, ahora mismo".

Tessa vaciló. —Pero... ¿y si está loco? ¿Y si empieza a amenazarme o algo así?

Mark podía sentir el pánico en su voz. "No te preocupes por eso. Lo bloqueas y yo te ayudaré a denunciarlo. Nadie se sale con la suya con esa mierda".

Tessa finalmente aceptó y bloqueó a Jason de todas sus cuentas de redes sociales. Pero esa noche, Mark no pudo quitarse de encima la sensación de que algo todavía no estaba bien. Se quedó despierto hasta tarde, mirando su teléfono, esperando que ella estuviera bien.

A la mañana siguiente, Tessa le envió un mensaje de texto con una actualización.

"Encontró una manera de enviarme un mensaje desde otra cuenta", escribió. "Pero se lo conté a mis padres y ellos llamaron a la policía. Rastrearon su dirección IP y lo están investigando. Ha sido arrestado, Mark. Ha estado mintiendo sobre su identidad durante meses".

El corazón de Mark latía con fuerza. Sintió una mezcla de alivio y disgusto. "Gracias a Dios que se lo dijiste a tus padres. Eso podría haber sido mucho peor".

"Sí", respondió Tessa por mensaje de texto. "Me alegro de no haber ido a conocerlo. Es mucho mayor de lo que dijo. No sé qué habría hecho si yo me hubiera presentado".

Mark exhaló, sintiendo que un gran peso se levantaba de su pecho. "Hiciste lo correcto. Estoy orgulloso de ti. Sé que no fue fácil, pero tú diste un paso al frente. Y ya no tienes que lidiar con ese asqueroso".

Tessa le envió un simple mensaje de texto: "Gracias. No creo que vuelva a confiar en alguien en línea de la misma manera".

Mark sonrió, a pesar de que todavía estaba conmocionado. "Lección aprendida".

Moraleja:

No todos en línea son quienes dicen ser. Mantente a salvo y confía en tus instintos.

24. Los comentarios de vergüenza corporal

Las amigas de Lena se rieron. "Mira su atuendo. Vaya".

Le dieron un codazo a Lena. "Di algo gracioso".

Miró a la muchacha, con la cabeza gacha, los brazos cruzados, encogiéndose bajo sus palabras.

Lena respiró hondo. "No. Eso no está bien".

Sus amigos pusieron los ojos en blanco.

Pero más tarde, la niña susurró: "Gracias".

Moraleja:

La bondad es siempre la elección correcta.

25. La llamada de atención de la fiesta universitaria

—Vamos, Ben. Nadie revisará las identificaciones".

Ben echó un vistazo a la fiesta. Música. Copas rojas.

Sus entrañas le gritaban **una mala idea.**

"Estoy bien", dijo.

A la mañana siguiente, los titulares aparecieron en su pantalla.

La policía hace una redada en una fiesta de copas para menores de edad. Detenciones realizadas.

Ben exhaló. **Esquivó una bala.**

Moraleja:

El hecho de que puedas, no significa que debas hacerlo.

26. La trampa de la clase de salto

Los amigos de Ava eran implacables. —Vamos, Ava, una clase no te matará —persuadió Jasmine—. "Solo tomaremos papas fritas y nos enfriaremos. Te pondrás al día más tarde".

Ava vaciló. Las matemáticas no eran su asignatura más fuerte, pero la idea de faltar a clase, solo una vez, parecía inofensiva. Así que los siguió por las puertas laterales y hacia el aire cálido de la tarde. En el lugar de comida rápida, se rieron, se tomaron selfies y, por un tiempo, se sintió libre.

Pero al día siguiente, a Ava se le retorció el estómago cuando se sentó para el examen. Examinó el primer problema. Luego el segundo. Su corazón latía con fuerza. No tenía ni idea de cómo resolverlos.

Sus amigos se las arreglaron para sobrevivir con notas apenas aprobatorias. ¿Ava? Fracasó. Y lo que es peor, el material estaría en el examen final.

Apretó los puños debajo del escritorio. —Nunca más —susurró—

Moraleja:
Faltar a una clase puede retrasarte más de lo que crees.

27. El instigador de la pelea

Marcus podía sentir los ojos de sus amigos sobre él, sus voces animándolo. —Tienes que demostrarles que no eres débil —dijo Derek, dándole un codazo en el hombro—.

Al otro lado del patio, otro grupo de hombres estaba de pie, sonriendo. Marcus sintió que le hervía la sangre. El corazón le latía en el pecho. Cada músculo de su cuerpo le gritaba que se alejara, pero la presión era sofocante.

Antes de que pudiera pensar, se balanceó.

Lo siguiente que supo fue que unas manos lo tiraban hacia atrás. La voz de una maestra cortó los gritos.

Minutos después, estaba sentado en la oficina del director, con los nudillos magullados y el estómago retorcido por el arrepentimiento. Tres días de suspensión. Una marca en su historial.

¿Todo para qué? ¿Para impresionar a la gente a la que no le importaba su futuro?

Moraleja:

El que inicia la pelea suele ser el que se arrepiente.

28. La solicitud de imagen inapropiada

Taylor se sentó en su cama, revisando sus mensajes. Su teléfono volvió a sonar, esta vez de Ryan, su novio. Ella sonrió al principio. Pero luego, su sonrisa se desvaneció cuando vio la imagen adjunta a su mensaje.

"Justo entre nosotros", decía, con una foto que nunca esperó ver. A Taylor se le cayó el estómago. Se quedó mirando la imagen por un momento, sintiendo un escalofrío que la recorría. Su respiración se atascó en su pecho y sus manos se pusieron húmedas.

"Vamos, solo una foto", volvió a enviar un mensaje Ryan. "Nadie más lo verá. Lo juro".

La mente de Taylor estaba acelerada. El corazón le latía en los oídos. Las alarmas de su cerebro sonaron como sirenas. Sabía a dónde podía llegar esto. Si ella enviaba algo, no sería solo entre ellos. ¿Y si se separan? ¿Y si se lo mostraba a sus amigos? La idea de que algo tan personal estuviera fuera de su control era aterradora.

Rápidamente volvió a escribir, con los dedos temblorosos, "No está pasando".

La respuesta de Ryan llegó casi de inmediato. "Estás siendo dramático. No es gran cosa. Sabes que nunca se lo mostraré a nadie.

Taylor frunció el ceño. Podía sentir que la presión aumentaba, como si él estuviera tratando de convencerla. "Es un gran problema, Ryan. No se trata de que le muestres a nadie, se trata de confianza. No me siento cómodo con eso".

Él respondió con un montón de emojis de risa. "Simplemente lo estás pensando demasiado. Créeme, nadie lo sabrá nunca".

Taylor miró la pantalla, con la ira a flor de piel. Ella había tratado de ser amable al respecto, pero ahora él estaba siendo persistente. Era como si a él no le importaran sus sentimientos, ni sus límites.

"Honestamente, no estoy tratando de ser un mojigato. Pero esto se siente mal", escribió, tratando de mantener la calma.

"Vaya, ¿en serio?" —respondió Ryan—. "Está bien, sea así. Pensé que confiabas en mí, pero supongo que no.

Taylor se mordió el labio. Había tratado de ser paciente, pero ahora solo estaba irritada. Había estado con Ryan durante unos meses, pero la forma en que la presionaba la hacía sentir que no la respetaba. Si esto era lo que quería, no valía la pena. No iba a permitir que él la manipulara para que hiciera algo con lo que no se sentía cómoda.

"Mira, Ryan", escribió finalmente, con las manos temblorosas con una mezcla de frustración y alivio. "No me estás escuchando. No lo voy a hacer, y tienes que entenderlo. Y si no puedes, entonces tal vez no deberíamos estar juntos".

La respuesta de Ryan fue instantánea. "¿En serio? ¿Vas a romper conmigo por esto? Lo que sea, Taylor. Eres tan dramático".

Taylor se quedó mirando su mensaje durante un largo momento. Sabía lo que tenía que hacer, aunque no fuera fácil. Respiró hondo y escribió su último mensaje:

"Sí, lo estoy. Ya terminé. No necesito a alguien que no pueda respetarme".

Antes de que Ryan pudiera responder, pulsó enviar y arrojó su teléfono sobre la cama, sintiendo una oleada de emociones: alivio, decepción, pero sobre todo, orgullo. Se había defendido a sí misma.

Un mes después, los pasillos de la escuela zumbaban con susurros. Taylor escuchó a un grupo de chicas hablando en el vestuario. "¿Escuchaste? Se filtraron las fotos privadas de alguien. ¿Ese mismo chico, Ryan? Está en el centro del escándalo".

Taylor se quedó paralizada. Se le cayó el estómago y su corazón se aceleró. Se alejó rápidamente, con la mente dando vueltas. Sabía exactamente lo que había sucedido. Había sido tal y como ella temía. Ryan había presionado a otra persona para que enviara fotos, y ahora estaban en todas partes.

Taylor abrazó sus brazos con fuerza contra su pecho, el peso de la situación se hundió. El alivio se apoderó de ella cuando se dio cuenta de que había tomado la decisión correcta. Había estado muy cerca de ser parte de ese lío.

Más tarde ese día, le envió un mensaje de texto a su mejor amiga, Emily. "Estoy muy contento de no haberme rendido. Podría haber sido parte de eso, y nunca habría podido recuperarlo".

Emily respondió casi al instante. "Eras tan inteligente. Una vez que envías algo, pierdes el control de él para siempre. Menos mal que te mantuviste firme".

Taylor sonrió mientras leía el mensaje. Se sintió bien saber que no era la única que entendía el peso de su decisión. Había elegido proteger su dignidad y su futuro, pasara lo que pasara.

Moraleja:

Una vez que envías una imagen, pierdes el control de ella para siempre. Protege siempre tus límites.

29. El arrebato irrespetuoso

Jaden se sentó en clase, con su lápiz golpeando el escritorio mientras intentaba concentrarse. La voz de su maestro seguía resonando en el fondo, recordándole que debía concentrarse en la tarea. Sin embargo, en realidad no la estaba escuchando. Su mente estaba en otra parte, repasando el partido de baloncesto de la noche anterior y el estúpido error que cometió con un tiro en el último segundo.

—Jaden, concéntrate —dijo de nuevo, echando un vistazo a sus notas a medio terminar—.

Sus amigos se rieron en voz baja. —Siempre está contigo, hermano —susurró Malik, dándole un codazo—.

La frustración de Jaden comenzó a aumentar. ¿Por qué siempre se metía con él? No era el único que a veces se desconectaba. ¿Por qué no le dio un respiro?

La maestra lo llamó de nuevo. "Jaden, tus notas están incompletas. Te estás quedando atrás".

Eso fue todo. —espetó Jaden—. Podía sentir que su rostro se enrojecía, su corazón latía con fuerza. Lanzó una mirada a sus amigos, que ahora observaban cómo se desarrollaba la situación como si se tratara de una especie de reality show.

"¡Lo que sea hermano, cállate hablando conmigo!" —soltó Jaden—. Su voz más fuerte de lo que pretendía.

Hubo un momento de silencio. Toda la clase se quedó paralizada, mirándolo. El pecho de Jaden se apretó y las palabras lo golpearon como un puñetazo en el estómago en el momento en que salieron de su boca. El rostro de su maestro no se inmutó; Se endureció, su mandíbula se tensó, pero sus ojos... Sus ojos contaban una historia diferente. Hubo un destello de dolor, lo suficiente para que Jaden lo notara. Inmediatamente se arrepintió, pero ya era demasiado tarde.

La maestra no dijo nada durante unos segundos. La tensión era espesa. Luego, con calma, dijo: "Detención. Después de la escuela. Y voy a llamar a tus padres.

La clase murmuró, y Jaden se desplomó en su asiento, sintiendo el peso de su error. El resto del período transcurrió en un borrón. Apenas oyó nada de lo que decía la maestra, demasiado atrapado en el nudo que tenía en el estómago.

Cuando sonó el timbre, Jaden salió con Malik y los demás, pero su mente estaba en otra parte. Sus amigos hablaban, pero él no escuchaba. Lo único en lo que podía pensar era en cómo se había equivocado. Lo peor no fue la detención ni la llamada a casa. Era la forma en que su maestro lo había mirado. La confianza que había dado por sentada ahora se había ido. No iba a llamarlo más, no le iba a dar el mismo beneficio de la duda.

Esa noche, mientras estaba sentado en su habitación, Jaden no podía dejar de pensar en ello. Repitió toda la escena una y otra vez en su cabeza. Las palabras que había dicho. La mirada en sus ojos. La vergüenza que sentía ahora.

Su teléfono sonó y vio un mensaje de texto de Malik: "Oye, eso fue una locura hoy. Pero no te preocupes. Serás bueno".

Jaden miró la pantalla durante un largo momento antes de volver a escribir: "No, hombre. Me equivoqué. No debería haber dicho eso. Me siento como una mierda por eso".

A la mañana siguiente, mientras entraba en clase, sintió el peso de la tensión en el aire. Su maestra estaba al frente, pero no lo miró. Estaba concentrada en el tablero, como si él no existiera. Eso dolió más que cualquier otra cosa.

Se sentó, tratando de concentrarse, pero lo único en lo que podía pensar era en cómo le había faltado el respeto. Finalmente no pudo soportarlo más.

Durante un descanso, se puso de pie y caminó hacia el frente del aula. Su maestra levantó la vista, sorprendida.

—Señorita Carter —empezó Jaden, con la voz un poco temblorosa—, yo sólo... Quería decir que lo siento. Realmente me equivoqué ayer. No quise decirte eso. Me he sentido frustrado, pero eso no es excusa. No te merecías eso. Estaba fuera de lugar y solo quería decir que me arrepiento".

Hubo una larga pausa y Jaden contuvo la respiración, esperando su respuesta. Finalmente, ella asintió lentamente.

"Te agradezco que digas eso, Jaden. Disculpas aceptadas", dijo con voz suave pero firme. "Sé que eres mejor que eso. Justo... Recuerda la próxima vez que las palabras importan. No se pueden llevar de vuelta".

Jaden asintió, sintiéndose un poco mejor, pero también dándose cuenta de cuánto trabajo aún tenía que hacer para reconstruir esa confianza.

Regresó a su asiento y Malik le hizo un rápido gesto con el pulgar hacia arriba. Podía sentir una pequeña sensación de alivio. La clase ya no se sentía tan tensa, pero Jaden sabía que tenía un largo camino por recorrer para recuperar el respeto que había perdido.

Sonó el timbre y Jaden salió, sintiendo que había aprendido algo importante. El respeto no era automático. Había que ganársela, y una vez perdida, no era fácil recuperarla.

Moraleja:

La falta de respeto no te sacará adelante, el autocontrol sí lo hará.

30. La presión del hurto en tiendas

Los dedos de Maya rozaron el pequeño collar en el estante de la tienda. —Vamos —susurró Tia—. "Solo tienes que meterlo en tu bolsillo. Nadie se dará cuenta".

El corazón de Maya latía con fuerza. El cajero estaba ocupado. Las cámaras no apuntaban en su dirección.

Sintió una oleada de nervios y emoción, hasta que pensó en lo que pasaría si la atrapaban. Seguridad. Esposas. Las caras de sus padres si recibían *esa* llamada.

Ella negó con la cabeza. "No, estoy bien".

Tia puso los ojos en blanco, pero a Maya no le importó. Más tarde, observó desde el otro lado del centro comercial cómo la seguridad apartaba a Tia.

Moraleja:

Si te empujan a robar, no son tus verdaderos amigos.

31. El experimento de vapeo

Cameron tosió mientras el espeso vapor se arremolinaba frente a él, el dulce aroma de la fresa llenaba el aire. Alex sonrió, sosteniendo el vaporizador como si fuera la cosa más genial del mundo.

—Vamos, hermano, pruébalo —dijo Alex, levantando una ceja—. "Literalmente, ni siquiera es tan malo para ti".

Cameron vaciló. Había visto los anuncios. Había leído los artículos. Él sabía lo que el vapeo realmente le hacía a tu cuerpo. Pero todos a su alrededor lo hacían. No quería ser *ese tipo*, el que no encajaba.

Buscó el vaporizador, pero luego se detuvo en seco. Pensó en su primo, que había terminado en el hospital después de vapear demasiado. Y su entrenador de atletismo, que acababa de darles un discurso completo sobre cómo el vapeo podía estropear totalmente los pulmones. Estaba tratando de ser más rápido para la próxima carrera, no podía dejar que algo estúpido como esto arruinara su entrenamiento.

Cameron exhaló bruscamente, tratando de sacudirse el impulso. —No, estoy bien —dijo, retirando la mano—.

Alex puso los ojos en blanco. "Amigo, te estás volviendo loco cojo. Es solo un pequeño soplo. Deja de actuar como si fuera un gran problema". Se echó a reír y dio otra calada, expulsando una nube de humo que hizo que la garganta de Cameron se apretara.

Cameron se quedó allí por un segundo, mirando a sus amigos, pero algo no se sentía bien. No podía dejar que fuera él. Pensó en las personas que habían quedado atrapadas en él: lo rápido que el vapeo pasó de ser "algo divertido para probar" a una adicción, cómo los pulmones de las personas se estaban destrozando. No quería terminar en la sala de emergencias, respirando como si acabara de correr un maratón... todos los días.

Unas semanas más tarde, Cameron estaba subiendo las escaleras de la escuela cuando vio a Alex en el fondo, jadeando por aire. Tenía una mano en la barandilla, tratando de estabilizarse.

"Oye, Alex, ¿estás bien?" —preguntó Cameron, con la ceja levantada. Honestamente, estaba un poco asustado. Alex ni siquiera estaba tan fuera de forma.

Alex levantó la vista, con el rostro pálido, y se secó el sudor de la frente. "No, hombre... No soy bueno —jadeó, respirando con dificultad—. "Ayer fui al médico. Dijeron que mis pulmones están destrozados. El vapeo... Hizo un daño serio. Ni siquiera puedo subir las escaleras sin sentir que me voy a desmayar".

A Cameron se le cayó el corazón. Se quedó paralizado, procesando lo que Alex estaba diciendo. Le golpeó fuerte, no se trataba de un simple rumor. El cuerpo de Alex estaba sintiendo los efectos de algo que pensó que no era gran cosa.

—Amigo, lo siento —dijo Cameron en voz baja—. Quería decir más, pero no sabía qué decir. – Me alegro de no haberlo hecho...

—Sí, lo entiendo —lo interrumpió Alex, todavía jadeando—. "Pensé que era invencible, ¿sabes? Pensé que era algo que todo el mundo hace. Pero ahora lo estoy pagando. No cometas mi error, Cam. No vale la pena".

Cameron asintió, con el estómago retorcido. Sabía que había tomado la decisión correcta, pero escuchar a Alex decirlo así lo hizo real. Se sintió afortunado, como si hubiera esquivado una bala, pero al mismo tiempo, no pudo evitar sentirse mal por su amigo.

—No lo haré, hermano —dijo Cameron en voz baja, con los ojos fijos en Alex—. "Lo tienes. Solo cuídate a ti mismo".

Moraleja:

El hecho de que esté de moda no significa que sea seguro. No arriesgues tu salud por un poco de satisfacción temporal. Nunca se sabe lo mal que puede llegar a ser.

32. La encrucijada del bullying

Las risas recorrían la mesa del almuerzo, ligeras y descuidadas, como guijarros saltando sobre el agua. Samantha sintió su filo antes de saber por qué.

"Mira sus zapatos", se rió Bella, arrojando una papa frita en su bandeja. —¿Son de plástico?

Samantha miró a Kevin, sentado solo al final de la cafetería. Tenía los hombros encorvados y los ojos pegados a la bandeja. Sus zapatos, gastados, desgastados y un poco demasiado grandes, se asomaban por debajo de la mesa. Un rubor le subió por el cuello, pero no levantó la vista.

Bella le dio un codazo a Samantha con una sonrisa traviesa. "Vamos, di algo gracioso".

Las palabras flotaban en el aire como un reto. La garganta de Samantha se apretó. Había visto esta obra antes, o bien era de la que se burlaban o la que miraba en silencio. Y cada vez, sentía ese mismo nudo incómodo en el estómago.

Volvió a mirar a Kevin, que no se había movido, con los dedos agarrando el sándwich como si intentara aferrarse a algo que pudiera evitar que desapareciera.

El pulso de Samantha se aceleró. Ella no quería ser parte de esto. Ya no.

"Esto no está bien", dijo ella, con voz baja pero clara.

La mesa se quedó en silencio, el sonido de las bandejas raspando las mesas se apoderó de él. Los ojos de Bella parpadearon con sorpresa antes de entrecerrarse. —Es solo una broma —murmuró, poniendo los ojos en blanco—. Pero Samantha vio el cambio: la gente dejó de reírse, dejó de mirar a Kevin y, en cambio, miró sus bandejas, se movió en sus asientos, fingiendo estar interesada en lo que estaban comiendo.

La cabeza de Kevin se alzó ligeramente, su mirada se encontró lentamente con la de ella. Por un momento, no dijo nada. Él se quedó mirando, con los ojos muy abiertos, como si no pudiera creer que ella realmente hubiera hablado. Luego, con el más leve de los gestos, asintió rápidamente. No una sonrisa, sino algo parecido a la gratitud.

Eso fue suficiente para Samantha. No iba a dejar que esto se le escapara más.

Al día siguiente, mientras se sentaba a almorzar con sus amigas, sintió una punzada de irritación cuando vio a Kevin sentado solo de nuevo. Bella, por supuesto, estaba hablando en voz alta sobre cómo no podía encontrar su sudadera con capucha favorita, pero Samantha no podía quitarse de encima la sensación de que todos estaban actuando como si fuera un día normal.

Se puso de pie. Sin pensarlo dos veces, agarró su bandeja y caminó directamente hacia donde estaba sentado Kevin, con la cabeza gacha, los ojos enfocados en su almuerzo como si estuviera tratando de ser invisible.

Kevin levantó la vista, claramente sorprendido. —Oye —dijo Samantha, tratando de sonar casual—. —¿Te importa si me siento aquí?

Kevin parpadeó, claramente no esperaba que ella fuera la que se sentara con él. —Uh, claro —tartamudeó él, acercándose para hacerle sitio—. No dijo mucho más, pero ella notó una pizca de alivio en sus ojos.

El silencio entre ellos se sentía extraño, pero a Samantha no le molestó. No estaba allí para charlar o hacer una charla trivial. Ella estaba aquí porque sentía que era lo correcto.

Cuando se sentó, echó un vistazo a la mesa de sus amigos. Estaban mirando, con los ojos muy abiertos, la boca ligeramente abierta. Bella le lanzó una mirada, su expresión era de incredulidad.

—¿En serio? —dijo Bella, con un tono lleno de sarcasmo—. "¿Te vas a sentar con él? ¿Por qué?

Samantha la miró a los ojos sin inmutarse. "Porque ustedes están siendo idiotas, y alguien tiene que detenerlo".

Bella se burló, pero no discutió. Ella simplemente puso los ojos en blanco y volvió a cotillear con los demás.

El resto del almuerzo transcurrió en silencio, pero no fue incómodo. Fue... pacífico, en cierto modo. Kevin no hablaba mucho, pero no hacía falta. Solo el hecho de que Samantha se hubiera sentado con él hizo que todo se sintiera un poco más bien.

Al día siguiente, Kevin llamó su atención al otro lado del pasillo. Sus labios se curvaron ligeramente, lo suficiente para mostrar que estaba agradecido. Y esta vez, Samantha le devolvió la sonrisa.

No fue una gran victoria, pero importó. Porque a veces, ponerse de pie no se trataba de hacer una escena o llamar la atención de todos. A veces, se trataba de un pequeño acto de bondad. A veces, se trataba de sentarse con alguien que lo necesitaba, incluso cuando tus amigos estaban demasiado ocupados siendo groseros.

Samantha no necesitó aplausos. No necesitó un discurso. Solo necesitaba saber que había hecho lo correcto.

Moraleja:

El silencio apoya al acosador. Alzar la voz apoya a la víctima. Incluso los pequeños actos de valentía pueden cambiar el día de alguien, y tal vez incluso su vida.

33. El error de la hoja de trucos

Las palmas de las manos de Noah estaban sudorosas mientras su amigo deslizaba el pequeño papel debajo del escritorio. —Mira si te quedas atascado —susurró—.

La prueba comenzó. El corazón de Noé latía con fuerza. La tentación era insoportable.

Luego, la voz de la señorita Carter. "David, ven conmigo".

Noah se giró a tiempo para ver a su amigo palidecer mientras la maestra sostenía la hoja de trucos. Un cero. Un artículo. Posiblemente peor.

Noah dejó escapar un suspiro tembloroso. Había estado a punto de cometer el mismo error.

Moraleja:

Hacer trampa puede ayudarte a superar una prueba, pero no te ayudará en la vida.

34. La pequeña mentira piadosa

A Emma se le revolvió el estómago cuando hizo clic en "enviar" en el correo electrónico. *"No pude terminar mi proyecto. Mi abuela estaba muy enferma".*

Ni siquiera era cierto. Claro, su abuela había estado un poco mal, pero estaba bien. Emma simplemente no podía soportar la idea de entregar su proyecto a medio hacer, así que pensó que esta excusa le daría un poco más de tiempo.

Su maestra, la Sra. Carter, respondió rápidamente. *"Espero que esté bien. No te preocupes, hablaremos del proyecto cuando estés listo".*

Emma sintió una rápida oleada de alivio. La mentira había funcionado. Se recostó en la silla, sintiendo que el peso se le quitaba de los hombros. Pero a medida que las palabras pasaban por la pantalla, no pudo evitar sentirse un poco culpable.

Al día siguiente, la voz de su madre rompió sus pensamientos mientras entraba en la cocina. "¿Por qué la señorita Carter preguntó cómo estaba la abuela?"

Emma se quedó paralizada, con el corazón acelerado. No tenía ni idea de cómo se había enterado su madre, pero la expresión de su rostro lo decía todo: lo sabía.

La mente de Emma buscó una excusa, pero ya era demasiado tarde. "Yo... No sé. Supongo que solo estaba siendo amable —tartamudeó Emma, pero incluso cuando las palabras salieron de su boca, supo que no tenían sentido.

Los ojos de su madre se entrecerraron, su tono suave pero severo. "Emma, me dijiste que la abuela estaba bien. ¿Por qué mentiste al respecto?

"Yo... Simplemente no quería entregar el proyecto tarde", admitió Emma, su voz apenas por encima de un susurro. "Me dio vergüenza. No lo terminé a tiempo".

Su madre negó con la cabeza, una mirada de decepción cruzó su rostro. "Entiendo estar nervioso por un proyecto, pero mentir no es la forma de manejarlo. Así no es como hacemos las cosas".

El estómago de Emma se hundió y evitó la mirada de su madre. — Lo siento, mamá.

Más tarde esa tarde, cuando Emma entró a la escuela, no pudo evitar la sensación de que algo había cambiado. Carter siempre había sido amable con ella, pero ahora, cada vez que Emma entregaba una tarea o respondía a una pregunta, los ojos de Carter parecían demorarse demasiado en ella, como si decidiera si debía creerle o no. La confianza entre ellas había cambiado, y Emma lo sentía.

Durante la clase, la Sra. Carter pidió a los estudiantes que entregaran sus proyectos. Cuando le tocó el turno a Emma, le entregó el suyo con una mirada rápida y nerviosa. Carter hizo una pausa, mirándola con una expresión ilegible antes de decir: "Buen trabajo, Emma. Me alegro de que lo hayas hecho".

Emma asintió rápidamente, pero las palabras se sentían huecas. Podía sentir el escepticismo de su maestra, a pesar de que la Sra. Carter no dijo nada.

Más tarde esa semana, cuando Emma no se sentía bien, casi no fue a la escuela. Pero la idea de inventar otra excusa la llenaba de pavor. ¿Y si la señorita Carter no le creía? ¿Y si la mentira ya le había costado demasiado?

Al final de la semana, la ansiedad de Emma se había acumulado. Ya no podía ignorar el hecho de que cada vez que la Sra. Carter le hablaba, sentía que su maestra estaba mirando, esperando que Emma volviera a equivocarse.

Al día siguiente, después de clase, Emma se quedó atrás. Se paró torpemente junto al escritorio de la señorita Carter, sin saber qué decir.

"¿Está todo bien, Emma?", preguntó amablemente la señorita Carter, pero Emma pudo escuchar la preocupación subyacente en su voz.

Emma tragó saliva y sus manos se retorcieron frente a ella. "Yo sólo... Solo quiero decir que lamento haber mentido sobre mi abuela. Estuvo mal y me arrepiento de haberlo hecho. No quise hacerte dudar de mí.

Carter sonrió amablemente, pero había tristeza en sus ojos. – Te agradezco tu sinceridad, Emma. Eso es lo que importa ahora. Pero recuerda, la confianza tarda en reconstruirse. No es algo que se pueda recuperar con una sola disculpa".

Emma asintió, con un nudo en la garganta. Sabía que había aprendido por las malas que una mentira podía sacarte de un aprieto, pero al final podía costarte mucho más: tu reputación, tus relaciones y tu tranquilidad.

A partir de entonces, Emma fue más cuidadosa con sus palabras. Trabajaba más duro para entregar sus tareas a tiempo, y cuando tenía problemas, los asumía en lugar de esconderse detrás de excusas.

Pero la lección ya estaba aprendida: una vez que se pierde la confianza, es mucho más difícil recuperarla.

Moraleja:

Una mentira puede salvarte en el momento, pero puede costarte a largo plazo. La confianza, una vez rota, es difícil de reconstruir.

35. La presión de los compañeros para ir demasiado lejos

Kayla se ajustó más la sudadera con capucha mientras se sentaba en el borde de la cama de Jason, con los dedos enredados en su regazo. El tenue resplandor de la lámpara de noche parpadeaba, proyectando largas sombras a través de las paredes. Fuera, la lluvia golpeaba ligeramente la ventana, pero en el interior, el aire era espeso, demasiado espeso, que presionaba su pecho como un peso que no podía sacudirse.

Jason se sentó a su lado, su pierna rebotaba inquietamente. Le cogió la mano y sus dedos trazaron lentos círculos sobre sus nudillos. —Nena —murmuró, con voz suave y persuasiva—. "Hemos estado juntos durante meses. ¿No crees que es el momento?

A Kayla se le retorció el estómago. Habían tenido esta conversación antes, demasiadas veces. Al principio, habían sido pequeños comentarios, bromas mezcladas con suaves sonrisas. Luego se convirtió en mensajes de texto nocturnos, los mensajes de "si me amas". Y ahora, allí estaban de nuevo, con su brazo alrededor de ella, su aliento cálido contra su oído, susurrando palabras que se sentían más como cadenas que como amor.

Ella vaciló. "Jasón... Te lo dije. No estoy listo".

Su mano se apretó alrededor de la de ella. —No es gran cosa, Kayla. Todo el mundo lo hace".

Se apartó, poniéndose de pie tan rápido que su rodilla chocó contra la mesita de noche de madera. —Eso no significa que tenga que hacerlo —respondió ella, con la voz más firme de lo que sentía—

Jason exhaló bruscamente, sacudiendo la cabeza. —Vamos, Kay. Solo una vez. Nos acercará más".

El pulso le latía en los oídos. Quería creerle, creer que el amor significaba rendirse, que decirle que sí le impediría mirarla con esa creciente frustración en sus ojos. Pero en el fondo, lo sabía: se suponía que el amor no debía sentirse como presión.

Kayla tragó saliva, ignorando la forma en que le temblaban las manos a los costados. —No —dijo ella, esta vez más fuerte—.

La expresión de Jason se oscureció, apretando la mandíbula. Por un segundo, pensó que él discutiría, trataría de seducirla para que cambiara de opinión, como siempre hacía. Pero en lugar de eso, soltó una mueca baja.

"Lo que sea", murmuró, rodando hacia un lado y agarrando su teléfono. El resplandor de la pantalla se reflejaba en su rostro, ya distraído, ya en otro lugar.

Kayla lo miró fijamente, con el pecho apretado y la garganta ardiendo. Había pasado mucho tiempo convenciéndose a sí misma de que el amor de Jason valía algo, que su afecto era una prueba de su valía. Pero en ese momento, al verlo excluirla tan fácilmente, se dio cuenta de algo: el amor no debería hacerla sentir pequeña. El amor no debe hacerla sentir miedo.

Se volvió hacia la puerta, los latidos de su corazón se estabilizaban con cada paso que daba lejos de él.

Una semana después

Kayla estaba de pie junto a su casillero, metiendo sus libros de texto dentro cuando escuchó susurros de un grupo de chicas cercanas.

"¿Has oído hablar de Jason?", dijo uno de ellos, riéndose. – Ahora ha estado hablando con Brianna.

"Sí", agregó otro. "Lo mismo de siempre. ' Si me amas, lo harías'".

A Kayla se le retorció el estómago, no de celos, sino de alivio. Podría haber sido ella. Casi era ella.

Se enderezó, exhalando un suspiro que no se había dado cuenta de que estaba conteniendo. Cuando pasó junto a Jason en el pasillo, él la miró, como si esperara que ella reaccionara. Tal vez para ser lastimado. Tal vez para volver arrastrándose.

Ella no le dio la satisfacción. Pasó sin mirar, con la cabeza en alto, sabiendo que había tomado la decisión correcta.

Moraleja:

Si realmente te aman, no te presionarán.

36. El error cargado

A Jace siempre le habían dicho que las armas no eran juguetes, pero cuando su primo Malik sacó una de debajo de la cama, no parecía real. El metal se sentía más pesado de lo que esperaba, el agarre frío contra la palma de su mano.

—Adelante, échale un vistazo —sonrió Malik, haciendo girar la pistola en el suelo como si fuera una especie de premio—.

Jace vaciló. "No está cargado, ¿verdad?"

Malik se encogió de hombros. —No lo creo.

Esa respuesta no fue lo suficientemente buena. Jace había visto demasiadas noticias sobre niños que pensaban lo mismo, solo para cometer un error que nunca podrían deshacer. Pero no quería parecer asustado. Sus dedos trazaron el gatillo, solo para sentir cómo era.

Y luego, haga clic.

El sonido resonó en la pequeña habitación. El corazón de Jace se estrelló contra sus costillas. Estuvo a punto de soltar el arma.

El rostro de Malik se vació de color. "Amigo..."

Jace no esperó a escuchar el resto. Volvió a meter la pistola en el cajón y retrocedió. Le temblaban las manos. Si hubiera habido una bala dentro... si hubiera tirado más fuerte...

Sentía debilidad en las rodillas. "Estoy fuera, hombre. No me voy a meter con esa cosa".

Esa noche, Jace no pudo dormir. No dejaba de imaginar lo que podría haber sucedido, lo que casi sucedió. Y sabía una cosa con certeza: esa sería la última vez que tocaría un arma.

Moraleja:

Una mala decisión puede cambiar —o terminar— una vida. Las armas no son juguetes.

37. El primer cigarrillo

"Vamos, es solo una bocanada".

Lexi estaba de pie en el aire frío de la noche, su mejor amiga Sierra sosteniendo el cigarrillo como una invitación a algún club exclusivo. Los hombres que estaban a su alrededor ya se habían encendido, exhalando nubes de humo que se arremolinaban bajo las luces de la calle.

Lexi vaciló. Su madre solía fumar, hasta que el médico encontró la mancha en su pulmón. Recordaba las noches de tos que hacían temblar las paredes, la forma en que la voz de su madre se volvía áspera, el tanque de oxígeno en la esquina de su sala de estar.

Pero eso era diferente, ¿verdad? Este fue solo uno.

Cogió el cigarrillo entre los dedos. Sierra sonrió. "Esa es mi chica".

Lexi se lo llevó a los labios, el olor acre le quemó la nariz. Inhaló, e inmediatamente se dobló, hackeando. Le ardía la garganta. Su pecho se sentía apretado, como si estuviera respirando fuego en lugar de aire.

Los chicos se rieron. "Maldita sea, ¿primera vez?"

Sierra le dio una palmada en la espalda. "Te acostumbras".

Lexi se enderezó, con los ojos llorosos. No, no lo haría. Vio la cara de su madre en su cabeza, los ojos agotados, el arrepentimiento. Le devolvió el cigarrillo a Sierra.

—Estoy bien —dijo ella con voz áspera—.

Sierra frunció el ceño. "¿En serio? Es solo uno".

Lexi volvió a toser. —Sí, y eso es demasiado.

Se alejó, con la garganta en carne viva pero la mente despejada. Ese no era un camino por el que quisiera ir. Ya había visto a dónde conducía.

Moraleja:

Todo hábito comienza con "solo uno", hasta que ya no es solo uno.

38. La decisión de abandonar el estudio

Damien miró fijamente la prueba que tenía delante: otra F. No se sorprendió. No había hecho los deberes, no había estudiado, ni siquiera había prestado atención en clase.

¿Cuál era el punto? La escuela no era para él. Estaba cansado de toda la rutina: despertarse, ir a la escuela, hacer el trabajo, fallar, repetir. Parecía inútil. Cada vez que lo intentaba, parecía que nada cambiaba.

En el almuerzo, le dijo a su mejor amigo, Trey: "Ya terminé. Voy a abandonar".

Trey casi se atraganta con su refresco. "Amigo, ¿qué?"

—Lo digo en serio. Damien se reclinó en su silla, golpeando la mesa con los dedos. "La escuela es una pérdida de tiempo. Voy a conseguir un trabajo. De todos modos, ¿quién necesita un diploma?"

Trey parpadeó, claramente sorprendido. "Espera, ¿estás diciendo en serio que te vas a retirar? ¿Y tu futuro, hermano?

Damien se encogió de hombros. "Lo averiguaré. Tal vez consiga un trabajo en un lugar al que no le importen mis calificaciones. Algo fácil. Abastecer estantes, trabajar en comida rápida, lo que sea. De todos modos, no es que vaya a ser un pez gordo".

Trey se quedó callado por un momento, claramente pensando mucho. "Pero... ¿A dónde te va a llevar eso dentro de unos años, tío?

Damien puso los ojos en blanco. —No lo sé, Trey. Ya terminé con la escuela. Simplemente no es para mí".

Una semana después, Damien se encontró abasteciendo los estantes de una tienda de comestibles. No era glamoroso, pero pagaba lo suficiente para mantener su tanque de gasolina lleno y cubrir sus necesidades básicas. Trabajaba muchas horas, pero lo sentía como libertad. No más escuela. Se acabaron los plazos. Solo el ritmo constante de trabajo.

Pero cuando Damien cumplió 19 años, se dio cuenta de que sus amigos habían seguido adelante. La mayoría de ellos habían ido a la universidad, se habían inscrito en escuelas de oficios o habían ingresado a programas que podrían prepararlos para mejores trabajos. Estaban obteniendo certificaciones y haciendo planes. Trey fue uno de ellos.

Una noche, después de un turno de diez horas, Damien entró en la gasolinera para tomar una copa. Vio a Trey llenando el tanque de su auto, vistiendo un conjunto de uniformes médicos. Damien enarcó una ceja. "Oye, ¿trabajas en el hospital?"

Trey sonrió, ajustándose los tirantes de su uniforme. —Sí, hombre. Estoy haciendo el programa CNA en este momento". Hizo una pausa y miró a su amigo. "Tengo la oportunidad de trabajar con pacientes y ya estoy ganando bastante dinero. En aproximadamente un año, seré enfermera".

El corazón de Damien se hundió. Bajó la vista hacia su desgastado uniforme de supermercado. Había estado atrapado en el mismo trabajo durante más de un año, mientras que Trey estaba en camino de hacer algo por sí mismo. Podría haber sido él, si no se hubiera retirado tan rápido. Él también podría haber estado ascendiendo.

—Maldita sea —murmuró Damien en voz baja—.

Trey notó la expresión en su rostro y dio un paso más cerca. —¿Estás bien, hombre?

Damien respiró hondo y luego negó con la cabeza. "Podría haber estado haciendo algo así, ¿verdad? Si acabo de terminar la escuela..."

Trey esbozó una sonrisa comprensiva. "Nunca es demasiado tarde, amigo. Todavía puedes regresar y terminar tu GED".

Damien parpadeó. "¿GED? ¿Qué es eso?"

Trey sonrió. "¿No lo sabías? El GED significa *Desarrollo Educativo General*. Es un examen que puedes tomar si no terminaste la escuela secundaria. Si lo apruebas, es como si tuvieras tu diploma de escuela secundaria. Puedes usarlo para solicitar mejores trabajos o ingresar a la universidad o a una escuela de oficios".

Damien sintió que una chispa de esperanza parpadeaba en su interior. "Entonces, ¿todavía puedo obtener un diploma sin volver a la escuela?"

—Exactamente. Y créeme, hombre, no querrás quedarte atrapado en trabajos sin salida para siempre. Tienes el potencial. Solo tienes que dar el primer paso".

Esa noche, Damien se sentó frente a su computadora y escribió cuatro palabras en Google: *Cómo obtener un GED*. Los resultados de la búsqueda mostraron enlaces a guías de estudio, centros de exámenes e historias de personas que habían realizado el examen después de abandonarlo. No parecía demasiado difícil. Podía estudiar en su propio tiempo, y había muchos lugares para tomar el examen.

Cuando se fue a la cama, Damien ya había tomado una decisión. No iba a dejar que sus decisiones pasadas lo detuvieran por más tiempo. Iba a tomar el examen, obtener su GED y comenzar a planificar un futuro mejor.

A la mañana siguiente, se despertó con un nuevo sentido de propósito. Llamó a Trey para agradecerle por el aliento y para hacerle saber su decisión. Trey estaba emocionado por él. —¡Sabía que vendrías, tío! ¡Lo tienes!"

Damien sonrió por primera vez en mucho tiempo. Sintió que el peso del arrepentimiento se levantaba de sus hombros.

Moraleja:

Abandonar la escuela puede sentirse como libertad ahora, pero más tarde, se siente como arrepentimiento. Siempre hay segundas oportunidades si estás dispuesto a aprovecharlas. El GED puede ser el primer paso hacia un futuro mejor.

39. El paseo que no fue

El teléfono de Devin sonó. "Oye, conseguí el auto de mi hermano. Vamos".

Su corazón latía con fuerza mientras agarraba su sudadera con capucha y salía por la puerta. Ni siquiera estaba pensando en el hecho de que Jordan, su mejor amigo, no tenía licencia. El hermano de Jordan trabajaba por las noches y las llaves siempre estaban en el mostrador. "Tomar prestado" el coche ya era prácticamente una tradición.

Para cuando Devin llegó al estacionamiento, el motor ya estaba retumbando. Jordan sonrió desde el asiento del conductor. "¿Estás listo?"

Devin vaciló. —¿Estás seguro de esto?

Jordan se burló. —Relájate, tío. He conducido muchas veces".

Eso no era exactamente cierto. Devin había visto a Jordan meterse en estacionamientos vacíos, tal vez tomar algunas carreteras secundarias, pero ¿conducir de noche, en calles reales? Eso era diferente. Aun así, Devin ignoró la incómoda sensación que le carcomía el estómago y se subió al asiento del pasajero.

Al principio, fue divertido. El viento azotaba las ventanas abiertas, la música salía de los altavoces y, durante unos minutos, se sintió como si fueran los dueños de la noche.

Entonces Jordan pisó el acelerador con más fuerza.

—Tranquilo, hermano —murmuró Devin, agarrándose al asiento—.

Jordan se echó a reír. —¿Te asustaste?

Las luces de la calle se difuminaban a medida que pasaban a toda velocidad. Apareció un semáforo en rojo más adelante, pero Jordan apenas disminuyó la velocidad.

Y luego, chillido.

Un coche giró delante de ellos. Jordan tiró del volante con fuerza y el mundo giró. Los neumáticos gritaban. El metal crujió.

Luego, silencio.

El pecho de Devin se agitó. Todavía estaba en el coche, pero el capó estaba arrugado y el humo silbaba del motor. Jordan agarraba el volante, con el rostro pálido.

Un hombre del otro coche gritaba. Las sirenas aullaban a lo lejos.

La voz de Jordan era apenas un susurro. "Estamos".

Devin tragó saliva y le temblaban las manos. La cara de su madre brilló en su mente. Su futuro. Su libertad. Todo ello, desaparecido, por una decisión estúpida.

Mientras las luces rojas y azules pintaban la noche, Devin se dio cuenta de algo: esto no era un paseo de placer. Fue una pesadilla.

Moraleja:

Una elección imprudente puede costarle su libertad, su futuro o incluso su vida.

40. El precio de la hermandad

Jalen se secó el sudor de las palmas de las manos y se puso los vaqueros mientras estaba de pie en la esquina. Las farolas zumbaban en lo alto, proyectando largas sombras sobre el pavimento agrietado. Su corazón latía tan fuerte que estaba seguro de que Malik y los demás podían oírlo.

—¿Estás seguro de esto? —preguntó Malik, abriendo y cerrando un encendedor. La llama se encendió durante un segundo antes de desaparecer.

Jalen asintió, a pesar de que su estómago se estaba retorciendo en nudos. —Sí —mintió—.

Durante semanas, había estado al margen, observando a los chicos de *Shadow Kings*, la tripulación de su primo mayor, caminar por la escuela como si fueran los dueños del lugar. Nadie se metió con ellos. Nadie se rió de ellos. Y a diferencia de Jalen, nunca tenían que contar sus dólares antes de comprar el almuerzo.

"Tengo que hacer esto", se había repetido Jalen una y otra vez. Su madre tenía dos trabajos solo para mantener su apartamento. Su hermanita necesitaba útiles escolares. Y estaba cansado de sentirse impotente.

—Está bien —dijo Malik, señalando con la cabeza un sedán destartalado aparcado al final de la calle—. "¿Ves ese coche? Pertenece a un tipo de otra cuadra. Él nos debe. Ve a cortarle los neumáticos".

Jalen tragó saliva. —¿Qué?

Malik sonrió. "Quieres ser uno de los nuestros, tienes que demostrar que tienes el corazón para ello".

Las manos de Jalen se cerraron en puños. Había esperado algo grande, pero ¿esto? Su mente se aceleró. ¿Y si el tipo lo atrapaba? ¿Qué pasaría si alguien llamara a la policía? Pero entonces pensó en las palabras de Malik: *¿ Quieres ser uno de los nuestros?*

Eso es lo que quería, ¿verdad? A ser respetado. Ser intocable.

Antes de que pudiera convencerse a sí mismo de que no lo hiciera, Jalen tomó el cuchillo que Malik le entregó y caminó hacia el auto. Cada paso se sentía más pesado que el anterior. Le temblaron los dedos mientras se agachaba cerca del neumático delantero.

Luego, pasos.

Jalen se dio la vuelta justo cuando una voz profunda atravesó la noche. —¿Qué demonios haces?

Un hombre estaba de pie en la puerta de un edificio cercano, con los brazos cruzados y los ojos clavados en él. No era un extraño. Jalen lo reconoció, a Dre, uno de los chicos mayores del barrio. El mismo tipo que solía jugar al baloncesto con Jalen y sus amigos en el parque.

El aliento de Jalen llegó en ráfagas cortas y bruscas. Sus dedos agarraron el cuchillo, pero todo su cuerpo le gritaba que corriera.

Dre se acercó. "¿Ese es tu gran movimiento? ¿Cortarle las llantas a un tipo para que un montón de tontos te deje entrar en su pequeña tripulación? Se burló. – ¿Crees que te han cubierto las espaldas?

La mente de Jalen pasó rápidamente a Malik y a los demás, parados en la distancia, esperando a ver si lo hacía. ¿Lo ayudarían si las cosas salían mal? ¿Y si lo encerraron?

La voz de Dre era ahora más suave. – No son tus hermanos, tío, confía en mí.

Jalen volvió a mirar el coche, a su reflejo en el espejo lateral agrietado. Sus manos seguían temblando. Su corazón seguía latiendo con fuerza. Pero ahora, no era por emoción, era por miedo. No de que te pillen. No de Malik.

Sino de convertirse en alguien a quien no reconocería.

Lentamente, soltó el cuchillo.

No miró hacia atrás mientras se alejaba. No tenía por qué hacerlo. Él ya lo sabía: Malik y su tripulación se reirían y lo llamarían débil. Pero por primera vez en mucho tiempo, Jalen no se sintió débil. Se sentía libre.

Moraleja:

La verdadera fuerza no es probarte a ti mismo ante los demás, es saber cuándo alejarte.

41: "El alto costo"

Jalen era conocido por su suave confianza. En la cancha de baloncesto, era eléctrico. Los entrenadores hablaron sobre los cazatalentos universitarios. Los maestros elogiaron su liderazgo. Pero últimamente, esa versión de Jalen se había ido deslizando.

Comenzó con un círculo de humo detrás del gimnasio, "simplemente un éxito" con algunos amigos después de la práctica. No vio el daño. "Es solo marihuana", dijo su chico Malik. "Es legal en algunos lugares. No es gran cosa".

A Jalen le gustaba la forma en que ralentizaba su mente. Sin presión. Sin estrés. Así que lo golpeó de nuevo. Y otra vez.

Con el tiempo, el gimnasio se convirtió en opcional. Se presentó a la escuela oliendo a humo y con los ojos vidriosos. Su entrenador lo mandó a la banca por un partido, luego dos. Su mamá también se dio cuenta, confrontándolo después de una llamada de la escuela.

—Lo vas a tirar, Jalen —dijo ella—. Solo me estoy relajando", murmuró. "Todo el mundo lo hace".

Luego vino el juego de exhibición, el de los cazatalentos en las gradas. Se prometió a sí mismo que no fumaría esa semana. Pero la ansiedad lo afectó. Necesitaba *relajarse* la noche anterior. Solo una vez más.

Durante el juego, Jalen fue lento. Desconectado. Falló pases fáciles. Lanzó un tiro libre. Se sentó en el banquillo, observando a otro jugador ocupar su lugar, alguien hambriento, concentrado.

Los exploradores nunca regresaron.

Más tarde, solo en el vestuario, Jalen miró su camiseta. Su futuro. Todo lo que había dejado escapar.

Moraleja:

Lo que parece una huida puede convertirse en una trampa. El alivio a corto plazo no vale la pena lamentarse a largo plazo. Mantente alerta. Mantente enfocado. Tus sueños necesitan que tengas la mente clara.

42: Título de la historia: "Realidad filtrada"

Un cuento original de Tequila SmithTema: Presión de las redes sociales, autoestima y comparación

Cuento:

Amaya, de diecisiete años, revisaba su feed bajo las sábanas, y el resplandor azul de su teléfono iluminaba la habitación oscura. Era más de medianoche, otra vez. Pero no podía apartar la mirada.

Cada deslizamiento le mostraba que alguien estaba haciendo más.

"¡Aceptado en la Universidad de Nueva York! ¡A todo rodar!"" Mi novio me acaba de sorprender con un anillo de promesa". Piel radiante, libre de estrés y viviendo mi mejor vida".

Amaya dio dos golpecitos, a pesar de que los postes le apretaban el pecho. Su vida no era así. En absoluto.

Sus calificaciones estaban bajando, sus padres discutían más últimamente y su cabello no había cooperado en semanas. Publicó una selfie la semana pasada que solo obtuvo 34 me gusta. Lo borró después de una hora. Demasiado vergonzoso.

En la escuela, sonreía, asentía y reía en los momentos adecuados. Pero por dentro, se sentía invisible. O peor aún, invisible.

Su mejor amiga, Zora, apenas publicaba y no le importaba. —Eso es falso, Maya —dijo una vez—. "Los filtros, la edición, el tiempo, nada de eso es real".

—Pero se siente real —susurró Amaya—.

Un día en clase, se les asignó un desafío de desintoxicación digital: no usar redes sociales durante 48 horas. La mayoría de los estudiantes se quejaban. Amaya entró en pánico.

—Inténtalo —dijo Zora—. "Tu cerebro necesita un descanso".

Esa noche, Amaya miró su teléfono. Sus dedos se posaron sobre la aplicación. Lo apagó. No podía dormir.

El primer día se sintió como una retirada. Cogía el teléfono cada diez minutos por costumbre. No dejaba de preguntarse: ¿

Qué me estoy perdiendo?

¿La gente se da cuenta de que no estoy publicando?

¿Y si se olvidan de mí?

Pero al segundo día, algo cambió.

Terminó un libro que tenía la intención de leer. Dibujó en su cuaderno. Ayudó a su hermano pequeño a construir un castillo de Lego. Se rió, se rió de verdad, con Zora durante el almuerzo en lugar de mirar una pantalla.

Esa noche, se miró en el espejo. Su rostro, desnudo y sin filtros, le devolvió la sonrisa. No era perfecto, pero era de ella.

Cuando terminaron las 48 horas, volvió a abrir la aplicación, pero algo se sintió diferente. Las imágenes ya no se sentían como la verdad. Se sentían como accesorios. Como la presión.

Publicó una foto de su boceto, sin filtro, sin maquillaje, sin frente.

La leyenda decía: "Sin filtro. Sin mascarilla. Solo yo".

No se hizo viral. Pero por una vez, a ella no le importó.

Moraleja:

Las redes sociales nos muestran lo más destacado, no el detrás de escena. No dejes que la perfección filtrada defina tu valor. La vida real no siempre es perfecta, y eso es lo que la hace hermosa.

43: "El peso que nadie vio"

Jordan era el chico gracioso. El que siempre tenía un regreso, siempre lograba que el maestro esbozara una sonrisa. Llevaba la confianza como una sudadera con capucha: de gran tamaño y un poco desgastada, pero cómoda.

Lo que nadie veía era la forma en que se quedaba despierto por la noche, con los ojos muy abiertos, luchando contra pensamientos que venían como olas. Algunos días, el simple hecho de cepillarse los dientes era como escalar una montaña.

No sabía cómo decir: "No estoy bien". Porque, ¿cómo podría alguien que siempre hacía reír a los demás ser el que luchaba?

Trató de fingir su camino a través de él. Sonrió con más fuerza. Se rió más fuerte. Pero el silencio cuando llegó a casa gritó más fuerte que cualquier otra cosa.

Hasta que un día, en medio de la clase de inglés, él solo... pelado. Se le escapó una lágrima. Trató de ocultarlo, pero el señor Reaves lo vio.

Después de clase, el señor Reaves lo llevó a un lado. —No tienes que llevarlo solo —dijo con dulzura—. "Tú importas. Mereces sentirte mejor".

Era la primera vez que alguien miraba más allá de los chistes y *lo veía*.

Ese día, Jordán pidió ayuda. Asesoramiento. Apoyo. Espacio para sanar. No lo arregló todo de la noche a la mañana, pero fue el primer día que no se sintió solo.

Moraleja:

La depresión no siempre se ve como tristeza. A veces parece el silencio detrás de una sonrisa. Está bien no estar bien, y es valiente pedir ayuda.

44: "A puerta cerrada"

Talia era una estudiante de segundo año, inteligente, discreta, con un estilo que era más sudaderas con capucha y aros que brillo de labios y pestañas. Ron era amigo de la familia. Alguien en quien todos confiaban, que sonreía en público pero susurraba cosas equivocadas cuando no había nadie cerca.

Al principio, pensó que tal vez se lo estaba imaginando. Luego se dijo a sí misma que era su culpa, tal vez no dijo "basta" lo suficientemente alto.

Para la mayoría de la gente, Ron era genial. Entrenaba al equipo de fútbol de su hermano pequeño, arreglaba cosas en la casa y siempre le llevaba bocadillos a Talia cuando ella estaba estudiando. Al principio, no le importaba que él estuviera cerca. Estaba tranquilo. Gracioso. Seguro.

Pero últimamente, las cosas empezaron a sentirse... apagado.

Empezó siendo pequeño, con cumplidos que perduraron. "Realmente estás creciendo. Empiezo a parecer una mujer —dijo una vez, con los ojos demasiado detenidos—. Luego estaban los roces "accidentales" de la noche cuando pasaban por el pasillo. La forma en que empezó a pedir abrazos con más frecuencia. La forma en que comentaba sus atuendos parecía extraña.

Se dijo a sí misma que lo estaba pensando demasiado. Él no había *hecho* nada, al menos, eso es lo que ella trataba de creer.

Una noche, mientras su madre trabajaba en el turno de noche, Ron llamó a su puerta. "Solo quería ver cómo estabas", dijo. Pero cuando se sentó en su cama y no se fue, se le cayó el estómago.

Talia se encerró en el baño después, con las manos temblorosas. No sabía cómo llamarlo. Se sentía asquerosa. Confuso. Culpable incluso por pensar que algo andaba mal.

Esa noche, le envió un mensaje directo a su prima Nia y le contó todo.

Nia no dijo: "¿Estás segura?" Ella dijo: "Eso no está bien. Te creo. Díselo a alguien".

Al día siguiente, Talia pidió hablar con la consejera escolar, la Sra. Brooks. Le temblaba la voz, pero logró pronunciar las palabras.

"Sigue entrando en mi habitación. A veces me toca. No como... Una locura, pero lo suficiente como para hacerme sentir que no estoy a salvo".

Brooks no cuestionó sus sentimientos. Ella solo asintió y dijo: "Hiciste lo correcto al decírmelo. Tú no tienes la culpa. Te voy a ayudar".

A partir de ahí, las cosas se movieron rápidamente. Se llamó a CPS. La mamá de Talia se sorprendió, pero le creyó. Ron fue retirado de la casa. Y poco a poco, la vida comenzó a sentirse segura de nuevo.

Talia comenzó la terapia. Hubo días malos, pesadillas y momentos en los que se sintió destrozada. Pero también hubo días en los que escribió poemas, pintó su dolor e incluso dirigió una presentación para la semana de concientización de su escuela sobre los límites y el consentimiento.

Aprendió que *el aseo* no siempre se trataba de la fuerza, sino del control. Sobre hacer que alguien dude de sus instintos. Pero también aprendió que los instintos son poderosos. Y cuando escuchó la suya, encontró la libertad.

Moraleja:

Si alguien te hace sentir inseguro, incluso si es "familia" o alguien en quien todos confían, puedes hablar. Decir la verdad no es traición, es valentía. Nunca tienes la culpa por el mal comportamiento de otra persona. Tu voz es poderosa y hay personas que te creerán, te ayudarán y te protegerán.

45: "No es solo un hashtag"

Cameron era popular en línea. Sus TikToks tuvieron miles de likes. Todos decían que él era "ese tipo": genial, seguro de sí mismo, divertido.

Pero una noche, después de publicar un video con una sonrisa forzada, Cameron miró su teléfono... Y luego su techo... y luego un frasco de pastillas.

El vacío no desaparecía.

Escribió una nota en su teléfono: "Creo que ya no pertenezco aquí".

Estrelló un balón en el poste.

Pero su hermana pequeña, Ava, llegó justo a tiempo. Vio su rostro, pálido, callado, quieto. Gritó.

Lo llevaron de urgencia al hospital. Sobrevivió.

En la recuperación, Cameron admitió algo que nunca antes había hecho: no quería *morir*, solo quería que el dolor se detuviera.

La siguiente vez que publicó, fue crudo y real. Nada de música. Sin filtro.

"No estoy bien. Pero aquí estoy. Y estoy aprendiendo a vivir un respiro a la vez".

Los comentarios llegaron a raudales:

"Yo también".

"Gracias."

"Me ayudaste a hablar".

Esa publicación salvó a otros. Y ayudó a Cameron a empezar a salvarse a sí mismo.

Moraleja:

*El suicidio es un silencio que no tiene por qué ganar. Incluso cuando tu mente te dice que no importas, **lo haces**. Una conversación honesta puede cambiarlo todo. Este mundo es mejor porque estás en él.*

46: "Nombre sin etiqueta"

Elijah, de catorce años, estaba sentado en el borde de su cama, mirando al techo, con una tormenta de pensamientos arremolinándose en su cabeza. Algunos días, sentía que encajaba con los chicos de la clase. Otros días, se sentía completamente diferente, como si estuviera caminando en los zapatos de otra persona.

No estaba seguro de si le gustaban las chicas. O los chicos. O ambas cosas. O tal vez... Simplemente no sabía cómo explicarlo.

Intentó buscar en Google palabras como "bi", "no binario", "fluido". Algunas de ellas se sentían bien. La mayor parte se sentía confusa.

En la escuela, él sonreía y desempeñaba el papel. Pero por la noche, se sentía como si estuviera flotando en un signo de interrogación.

Durante un tiempo, Elías no se lo contó a nadie. Ni siquiera su mejor amigo. ¿Y si no entendían? ¿Y si solo lo estaba imaginando?

Pero el peso se hizo más pesado. Su pecho se apretaba con más frecuencia. No podía concentrarse en clase. Empezó a evitar el espejo.

Entonces, un día, durante el período libre, entró en la oficina del consejero.

—Realmente no sé por qué estoy aquí —murmuró—.

La señora Ramírez sonrió amablemente. "Está bien. Te presentaste. Eso es un comienzo".

Se sentaron en silencio durante unos momentos antes de que Elijah soltara: "Creo que estoy confundido acerca de quién me gusta... o quién soy yo".

La señora Ramírez no se inmutó. "Muchos adolescentes se sienten así. No es necesario tenerlo todo resuelto para hablar de ello".

Esa frase dejó que Elías respirara. Por primera vez en semanas, no se sintió destrozado, solo curioso.

Durante las siguientes semanas, hablaron más. Poco a poco, Elijah también empezó a hablar con su madre. Tenía miedo de que ella se sintiera decepcionada. Pero cuando finalmente se lo dijo, ella lo abrazó y le susurró: "Te amo. Siempre. No importa el nombre o la etiqueta que elijas, si es que eliges una".

La niebla no desapareció de la noche a la mañana. Pero Elías ya no caminaba solo. Hablaba, procesaba, crecía.

Y tal vez ese era el punto: no encontrar todas las respuestas, sino aprender a hacer las preguntas sin vergüenza.

Moraleja:

No tienes que descubrir quién eres por ti mismo. Hablar con alguien seguro, como uno de tus padres, un consejero o un adulto de confianza, puede ayudarte a encontrar claridad, confianza y paz en tu viaje.

47: "El espejo y el pergamino"

A Amira le encantaban los espejos. Cuando era más joven, giraba frente a ellos, con las mejillas hinchadas de risa, imaginando que estaba en la portada de una revista.

Pero ahora, a los quince años, el espejo la hacía sentir más como un fallo en un mundo filtrado.

Su frente se había roto de nuevo. Sus muslos se tocaban al caminar. Sus rizos, gruesos y rebeldes, no caían como las colas de caballo lisojas por las que se desplazaba en TikTok. Todos en línea parecían tener el aspecto: piel clara, cinturas diminutas, sonrisas perfectamente editadas. Y aunque a veces sabía que era falso, todavía se le metía en la cabeza.

"Eres tan bonita", le decían sus amigas, pero todo lo que Amira veía eran defectos.

Un día, se encontró desplazándose durante horas: antes y después, glow-ups, videos de pérdida de peso, trucos de maquillaje. Miró hacia arriba y se dio cuenta de que afuera estaba oscuro. Había perdido todo el día comparándose a sí misma.

Esa noche, se armó de valor y se sinceró con su hermano mayor Malik.

"No lo entiendo. Me esfuerzo mucho, pero todavía no me parezco a ellos. Es como... Nunca seré suficiente", dijo con la voz quebrada.

Malik, que estudiaba arte, entró en su habitación y regresó con una pintura que había hecho. Era audaz y abstracto: curvas, color, textura, todo entretejido en una pieza caótica y hermosa.

"¿Qué te parece?", preguntó.

"Es hermoso", dijo.

—¿A pesar de que no es perfecto?

Ella asintió lentamente.

—Así es como te veo, Mira. No está hecho para ser una copia. No está hecho para ser plano o pulido. Pero lleno de dimensión. Real. Crudo. Hermosa porque eres tú".

Sus palabras no borraron sus inseguridades de la noche a la mañana, pero rompieron el espejo. Solo un poco.

Amira empezó a hacer una pequeña cosa cada día: decirse algo amable a sí misma en voz alta. Dejó de seguir las cuentas que la hacían sentir menos. Comenzó a crear contenido que la mostraba en la vida real: riendo con brackets, bailando con sudaderas con capucha de gran tamaño, compartiendo su poesía.

La gente respondió.

"Tan identificable". Necesitaba esto". Eres hermosa".

Pero el comentario más importante vino de ella misma: "Estoy empezando a creerlo".

Moraleja:

El mundo siempre intentará decirte quién debes ser, pero el brillo más poderoso llega cuando amas lo que ya eres. No necesitas parecerte a nadie más para ser digno, visto o suficiente. Lo real es hermoso. Tú también.

48: "El giro equivocado"

Todos los días era algo: "Tus calificaciones están bajando de nuevo". ¿Tienes otra referencia?"" ¿Cuántas veces tenemos que decirte: ¡aléjate de tu teléfono durante la escuela!" ¿Por qué no sacaste la basura como te pedí?"" ¿Esas chicas con las que te juntas? Problemas".

Y cuando la suspendieron por faltar a clase y hablar mal con un profesor, sus padres *la perdieron*. Le quitaron el teléfono, cerraron sus cuentas de redes sociales y le dijeron que estaba castigada durante un mes. *Nada de fiestas. Nada de pasar el rato. No hay libertad.*

Tasha se sentía como una prisionera en su propia casa.

"¡Ni siquiera estoy haciendo nada tan malo!", gritó una noche. "¡Me tratan como si fuera un criminal!"

"Estamos tratando de salvarte de tomar decisiones de las que te arrepentirás", dijo su madre.

Pero Tasha no quería oírlo. Estaba cansada de que la controlaran.

Esa noche, sin nada más que una mochila y su ira, se asomó por la ventana de su habitación y se fue. No tenía un plan, solo la voluntad de escapar.

Una chica a la que seguía en Instagram, *Kaylee*, había publicado sobre un lugar en otra ciudad donde "los adolescentes pueden ganar dinero de verdad, sin padres, sin reglas". Tasha le envió un mensaje directo.

Kaylee era todo sonrisas y promesas. "Vivirás tu mejor vida, niña. Iré a buscarte.

Y lo hizo.

Al principio, se sintió como libertad: hoteles baratos, sin toque de queda y ropa nueva. Pero pronto llegó la verdad: el trabajo era una trampa. Kaylee no era solo una amiga, era parte de una red de tráfico y Tasha fue la siguiente víctima.

Su teléfono había desaparecido de nuevo, pero esta vez no por elección. No se le permitió salir. La estaban vigilando. Las cosas que le obligaban a hacer eran cosas que nunca imaginó, cosas de las que no podía hablar.

Tasha recordaba las peleas en casa, y lo pequeñas que se sentían en comparación con esta.

Pero también recordó algo que su mamá dijo una vez: *"Incluso si te equivocas, siempre te amaremos. Solo vuelve"*.

Cuando uno de los hombres se quedó dormido con su teléfono todavía en la mano, Tasha se arriesgó. Envió un breve mensaje al 911 con la dirección. No sabía si funcionaría, pero lo hizo.

A las pocas horas, la policía la rescató. Kaylee fue arrestada, junto con los hombres que habían estado explotando a chicas como ella.

Tasha fue colocada en un hogar de recuperación donde los consejeros la ayudaron a procesar el trauma. Ella no era la misma. Era más fuerte y más consciente.

Semanas después, sus padres fueron a verla. Lloraron. La abrazaron. No estaban enojados, estaban agradecidos de que ella estuviera viva.

Ahora, Tasha comparte su historia con los demás: *"Pensé que mis padres eran el enemigo. Pensaba que la disciplina era control. Pero no vi el peligro que me esperaba fuera de mi puerta. Si estás pensando en correr, no lo hagas. Ese giro equivocado podría costarte todo"*.

Moraleja:

"Ser corregido no es ser controlado, es ser cuidado. Las malas decisiones pueden conducir a un peligro real, pero hay poder en el uso de la voz. Párate. Habla. No me arrepiento".

Recursos importantes de apoyo

No importa por lo que estés pasando, es esencial recordar que nunca estás solo. Ya sea que esté luchando con sus emociones, enfrentando dificultades en sus relaciones o lidiando con desafíos que se sienten demasiado grandes para manejar, la ayuda siempre está disponible.

Ponerse en contacto con alguien en quien confíe, ya sea un padre, un amigo o un profesional, puede marcar la diferencia. A veces, dar el primer paso para hablar puede parecer difícil, pero es un poderoso momento de fortaleza. Los siguientes recursos están aquí para usted, las 24 horas del día, los 7 días de la semana, cuando los necesite. No dudes en ponerte en contacto con nosotros. Recuerda, este mundo es mejor porque tú estás en él.

Tú importas. Tu voz importa. Tu bienestar es importante.

Preguntas de reflexión:

- ¿Cuál fue el punto de inflexión en la historia?
- ¿Cómo creció o cambió el personaje principal?
- ¿Hubo un momento en el que las cosas podrían haber sido diferentes?
- ¿Qué lección te enseñó esta historia?
- ¿Cómo puedes aplicar esta lección en tu propia vida?

Entendiendo la historia

- ¿A qué difícil decisión se enfrentó el personaje principal?
- ¿Qué tipo de presión sentían y quién influía en ellos?
- ¿Cuáles fueron las posibles consecuencias de las decisiones correctas e incorrectas?
- En tu opinión, ¿cuál fue el punto de inflexión en la historia?

Reflexión personal

- ¿Alguna vez has estado en una situación como esta? ¿Qué hiciste?
- ¿Cómo crees que habrías reaccionado si estuvieras en la piel del personaje?

- ¿Qué crees que aprendió el personaje de esta experiencia?
- ¿Crees que es fácil o difícil defender lo que es correcto cuando todos los demás están en silencio? ¿Por qué?

Impacto social

- ¿Cómo afectan las decisiones de los compañeros a la escuela o a la comunidad que los rodea?
- ¿Qué papel juega el silencio en el empeoramiento de una mala situación?
- ¿Cómo puede la decisión de una persona influir en los demás de manera positiva?

Valores y Moral

- ¿Por qué crees que hacer lo correcto es a veces la decisión más difícil?
- ¿Qué valores crees que son los más importantes cuando te enfrentas a la presión de los compañeros?
- ¿Cómo puede alguien armarse de valor para decir "no" cuando es impopular?

Pensamiento a largo plazo

- ¿Qué crees que enseña esta historia sobre el carácter y la reputación?
- ¿Puede una mala decisión afectar tu futuro? ¿Cómo?
- ¿Por qué es importante pensar en las consecuencias a largo plazo y no solo en el momento?

Sistema de soporte

- ¿En quién confías para hablar si alguna vez te encuentras en una situación difícil?
- ¿Cómo pueden los amigos apoyarse mutuamente para tomar mejores decisiones?
- ¿Qué le dirías a alguien que está presionando a otros para que tomen malas decisiones?

Líneas directas de emergencia y crisis

1. **Línea Nacional de Prevención del Suicidio Teléfono:** 988 (mensaje de texto o llamada) **Sitio web:** 988lifeline.org Brinda apoyo gratuito y confidencial las 24 horas del día, los 7 días de la semana para personas en peligro, prevención y recursos de crisis.

2. **Línea de texto de crisis Texto: 741741 Sitio web:** crisistextline.org apoyo basado en texto las 24 horas del día, los 7 días de la semana para personas en crisis.

3. **Línea Directa Nacional de Violencia Doméstica Teléfono: 1-800-799-SAFE (1-800-799-7233) Sitio web:** thehotline.org Brinda apoyo confidencial a los sobrevivientes de violencia doméstica, incluidas las opciones de mensajes de texto.

4. **Línea Directa Nacional de Abuso Infantil Teléfono:** 1-800-4-A-CHILD (1-800-422-4453) **Sitio web:** childhelp.org Ofrece ayuda confidencial las 24 horas del día, los 7 días de la semana para niños, padres y adultos que enfrentan abuso o negligencia infantil.

5. **RAINN (Red Nacional de Violación, Abuso e Incesto) Teléfono: 1-800-656-HOPE (1-800-656-4673) Sitio web:** rainn.org Una línea directa las 24 horas del día, los 7 días de la semana que brinda apoyo confidencial para sobrevivientes de agresión sexual y los afectados.

Apoyo de salud mental y consejería

6. **Teléfono de la línea para adolescents :** 310-855-HOPE (310-855-4673)Mensaje de **texto:** TEEN to 839863 **Sitio web:** teenlineonline.org Una línea directa entre pares para adolescentes, que ofrece apoyo confidencial para la salud mental, las relaciones y más.

7. **Alianza Nacional sobre Enfermedades Mentales (NAMI) Teléfono:** 1-800-950-NAMI (1-800-950-6264) **Sitio web:** nami.org Proporciona información y apoyo para

problemas de salud mental, incluyendo depresión y ansiedad.

8. **Línea de ayuda nacional de SAMHSA (Servicios de salud mental y abuso de sustancias) Teléfono:** 1-800-662-HELP (1-800-662-4357) **Sitio web:** samhsa.gov Una línea de ayuda gratuita y confidencial para personas y familias que enfrentan trastornos de salud mental o uso de sustancias.

Acoso y apoyo LGBTQ+

9. **Sitio web de StopBullying.gov:** stopbullying.gov recursos e información sobre cómo detener el acoso, denunciar el acoso y apoyar a los niños y adolescentes que enfrentan el acoso.

10. **The Trevor Project (Apoyo a jóvenes LGBTQ+ en crisis) Teléfono:** 1-866-488-7386 **Texto:** Envíe un mensaje de texto con la palabra START a 678678 **Sitio web:** thetrevorproject.org Ofrece apoyo confidencial para jóvenes LGBTQ+ en crisis, incluida la prevención del suicidio y recursos.

Ayuda para el abuso de drogas y alcohol

11. **Línea de ayuda del Instituto Nacional sobre el Abuso de Drogas (NIDA, por sus siglas en inglés) Teléfono:** 1-800-662-HELP (1-800-662-4357) **Sitio web:** drugabuse.gov Brinda apoyo a quienes luchan contra el abuso de sustancias, incluidas referencias a servicios de tratamiento.

12. **SMART Recovery (Capacitación en autogestión y recuperación) Sitio web:** smartrecovery.org Proporciona apoyo en línea gratuito y confidencial para personas que luchan contra la adicción, incluidas reuniones en línea.

Apoyo general para adolescentes

13. **Línea directa nacional de Boys Town Teléfono:** 1-800-448-3000 **Sitio web:** boystown.org Brinda apoyo en caso

de crisis para adolescentes, ayudándolos con el acoso, las luchas familiares y los problemas de salud mental.

14. **National Runaway Safeline Teléfono:** 1-800-RUNAWAY (1-800-786-2929) **Sitio web:** 1800runaway.org Una línea de ayuda las 24 horas del día, los 7 días de la semana para jóvenes en crisis, que ofrece ayuda con situaciones de fuga y angustia emocional.

Recursos en línea para apoyo y concientización

15. **MyStrength (Aplicación de salud mental y bienestar) Sitio web:** mystrength.com Ofrece herramientas y recursos para la salud mental, la atención plena y la recuperación del abuso de sustancias.

16. **Loveisrespect (Apoyo contra la violencia en las relaciones) Teléfono:** 1-866-331-9474 **Texto:** Envíe un mensaje de texto con la palabra "LOVEIS" al 22522 **Sitio web:** loveisrespect.org Proporciona recursos para adolescentes que experimentan relaciones poco saludables, violencia en el noviazgo y abuso.